Generaal Francis Cromarty

Prinses ⟨...⟩

De leden van de Reform Club

BIBLIOTHEE⟨⟩BREDA
Wijkbibliotheek Haagse Beemden
Heksenakker 37
tel. 076 - 5417644

D1389408

Geronimo Stilton

DE REIS OM DE WERELD
IN 80 DAGEN

Lieve knaagdiervrienden,

Jullie moeten weten dat mijn passie voor literatuur een hele tijd geleden ontstaan is, toen ik nog klein was. Ik bracht uren door met het lezen van prachtige boeken, waarin ik fantastische avonturen beleefde en verre en mysterieuze plaatsen leerde kennen.

Al dat leesplezier wil ik graag met jullie delen door jullie enkele meesterwerken uit de literatuur te vertellen.

Als jullie houden van reizen en onmogelijke uitdagingen, bereid je dan voor om Phileas Fogg en zijn butler Passepartout te vergezellen op een adembenemende onderneming, over stormende zeeën, door mysterieuze wouden en over uitgestrekte prairies.

Er valt geen tijd te verliezen: om de weddenschap te winnen, moet hij een reis om de wereld maken in slechts 80 dagen!

Geronimo Stilton

Geronimo Stilton is een wereldwijd beschermde merknaam.
Alle namen, karakters en andere items met betrekking tot Geronimo Stilton zijn
het copyright, het handelsmerk en de exclusieve licentie van Atlantyca SpA.
Alle rechten voorbehouden.
De morele rechten van de auteur zijn gewaarborgd.

Oorspronkelijke tekst van Jules Verne,
vrij bewerkt door Geronimo Stilton
Oorspronkelijke titel: Il giro del mondo in 80 giorni
Illustraties: Paolo Antista, Fabio Lai, Walter Leoni, Roberta Tedeschi
en Lucia Usai
Vertaling: Language Link i.s.m. Traduco
Grafici: Laura Zuccotti en Paola Cantoni
Redactie: Catalina Steenkoop + DWM

www.dewakkeremuis.nl

© 2006 - Edizione Piemme S.p.A. Via Tiziano 32, 20145 Milaan, Italië
© International Rights: Atlantyca S.p.A., via Leopardi 8, 20123 Milaan, Italië
© 2009 Nederlandstalige uitgave: De Wakkere Muis, Amsterdam

ISBN: 978 90 8592 085 4
NUR 282/283

2e druk 2010

Geronimo Stilton is een wereldwijd beschermde merknaam.
Alle namen, karakters en andere items met betrekking tot Geronimo Stilton
zijn het copyright, het handelsmerk en de exclusieve licentie van Atlantyca SpA.
Alle rechten zijn voorbehouden.
De morele rechten van de auteur zijn gewaarborgd.

Stilton is de naam van een bekende Engelse kaas. Het is een geregistreerde merknaam
van The Stilton Cheese Makers' Association. Wil je meer informatie, ga dan naar
www.stiltoncheese.com

Niets uit deze uitgave mag worden verveelvoudigd en/of openbaar gemaakt, op welke wijze
dan ook, elektronisch, mechanisch, inclusief fotokopiëren en klank- of beeldopnames of via
informatieopslag, zonder voorafgaande schriftelijke toestemming van de uitgever.

BIBLIOTHEE◄·BREDA
Wijkbibliotheek Haagse Beemden
Heksenakker 37
tel. 076 - 5417644

Geronimo Stilton

De reis om de wereld in 80 dagen

van Jules Verne

WIE IS PHILEAS FOGG?

Alles begon met een weddenschap! In 1872, op een koude en mistige avond in Londen, zwoer iemand dat hij erin zou slagen een reis om de wereld te maken in slechts tachtig dagen! Maar wie bedenkt zoiets? Wie zou ooit de moed hebben zo'n GI-GA-GANTISCHE uitdaging aan te gaan?

Phileas Fogg!

Vandaag denkt iedereen dat Fogg een moedige muis was, een doorgewinterde

reiziger, een waaghals die van AVONTUUR hield. Maar nee, niets van dat alles: Fogg was de meest *rustige* gewoontemuis ter wereld. Misschien had hij in zijn jeugd wat gereisd, maar inmiddels was hij Londen al jaren niet meer uit geweest. De enige verplaatsing die hij zichzelf toestond was het stukje straat tussen zijn huis en nummer 7 in Savile Row, naar de vereniging met de naam Reform Club.

Voor niets ter wereld had hij het dagelijkse spelletje kaart met zijn makkers van de club opgegeven. En die makkers waren: de ingenieur Andrew Stuart, de bankiers Samuel Fallentin, Thomas Flanagan en John Sullivan en de directeur van de Bank van Engeland, Gauthier Ralph.

Behalve dat hij plezier had in kaartspelen wist

niemand iets af van het bescheiden en *mysterieuze* leven van Phileas Fogg.

Fogg van zijn kant deed er alles aan om **niet** op te vallen. Hij bezocht geen theaters, hij ging niet naar de paardenrennen en hield zich nog minder bezig met politiek. Bovendien was hij niet getrouwd en had hij geen kinderen.

Men wist alleen dat hij een rijke Engelse muis uit één stuk was: elegant, deftig en onverstoorbaar.

Niemand had hem ooit zijn kalmte zien
verliezen en niets ter wereld leek zijn leven
te verstoren.

Phileas Fogg was een muis die van absolute
stiptheid hield en zijn dagen waren steeds
hetzelfde en perfect gepland.

Elke dag verliet hij om half twaalf 's ochtends
zijn huis, ging naar de Reform Club en kwam
stipt om MIDDERNACHT thuis!

Vaak liet hij zich binnen de antieke en sobere
muren van de vereniging ook zijn middag-
en avondmaal serveren: steeds op hetzelfde
tijdstip en aan dezelfde tafel. Fogg leek wel
een **Zwitsers** uurwerk: in zijn dag waren
er geen onvoorziene omstandigheden voorzien.

Dit maakte het er niet makkelijker op voor
zijn bedienden.

Niet dat hij een **gemene baas** was,

integendeel: maar zijn stiptheid liet
geen onoplettendheid of vertraging toe.
De laatste die werd ontslagen was een
zekere James Forster.
Dat kwam omdat hij het water dat
meneer Fogg gebruikte om zijn **BAARD** te
scheren... een tiende graad minder warm
had gemaakt dan zijn baas wou!
Dezelfde dag waarop James ontslagen werd,
kwam de bediende aan die hem zou
vervangen.
En toen de bel ging, STIPT op een honderd-
ste van een seconde, dacht Phileas Fogg bij
zichzelf dat de nieuwe bediende alvast een
goede eerste indruk had gemaakt!

PASSEPARTOUT
IS TEVREDEN

Zodra James, de oude butler, de **zware** antieke, houten poort had geopend, stond hij oog in oog met een aardig uitziende jongemuis.

Hij was eenvoudig gekleed met een das en een bolhoed, maar hij droeg wel een grappig paar rode schoenen.

'Komt u maar binnen! Meneer Fogg wacht op u,' zei James nadat hij hem van kop tot staart had bekeken. Toen verlaagde hij zijn stem en voegde eraan toe: *Veel succes!*

Zodra hij voor Phileas Fogg stond, stelde de

nieuwe butler zich voor: 'Mijn naam is Jean,
maar iedereen noemt me Passepartout!'
Vervolgens voegde hij er met enige trots aan
toe: 'Bovendien ben ik een Fransmuis!'
'Dat vermoedde ik al door uw accent en...
als u me toestaat... ook door uw schoenen!'
antwoordde Fogg terwijl hij wees naar de
schoenen van de nieuweling. 'Zulke schoenen
worden alleen in Frankrijk gemaakt.'
Passepartout keek zijn toekomstige baas vol
bewondering aan.
Ik weet zeker dat ik het prettig zal vinden
voor u te werken!' zei hij overgelukkig.
En met een pientere blik vervolgde hij: 'En
ik denk dat ook u zich niet zal beklagen als
u mij in dienst neemt!'
'Wat bedoelt u precies?' antwoordde Fogg
streng.

De jongemuis leek erg zelfverzekerd, maar – de hemel mag weten waarom – Fogg vond hem meteen erg aardig.

'Men zegt dat u van een rustig en huiselijk leven houdt,' begon Passepartout.

'Bovendien haat u reizen en feestjes.'

'INDERDAAD,' gaf Fogg toe.

Passepartout vervolgde: 'Ik heb een bewogen leven gehad. Ik heb allerlei soorten werk gedaan: acrobaat in een circus, brandweermuis, turnleraar... Ik heb ook veel gereisd en nu ben ik gelukkig dat ik een rustige baan met zekerheid heb gevonden.'

'Hier?' reageerde Fogg.

Passepartout dacht even na: 'IK WAS NOG VERGETEN te zeggen dat mijn sleutelwoorden nauwkeurigheid en stiptheid zijn!'

Die twee woorden klonken Fogg als muziek

in de oren: 'U bent aangenomen!'
Daarna, toen hij op de klok aan de wand
keek, vroeg hij: 'Hoe laat is het?'
'Vierentwintig over elf!' antwoordde de
nieuwe butler.
Fogg **FRONSTE** zijn wenkbrauwen:
'U loopt ruim vier minuten achter!'
'Met alle respect, meneer, dat is **ONMOGE-
LIJK!** Mijn uurwerk is nauwkeurig,
nauwkeuriger kan niet!' antwoordde
Passepartout een beetje BELEDIGD.
'Ik denk dat u zich vergist, maar goed!'
besloot Fogg. 'Als u het maar weet.'
Hierna stond hij op, nam zijn hoed,
handschoenen en wandelstok en begaf
zich naar de voordeur.
'Ik ga naar de Reform Club en ik zal niet
voor middernacht terug zijn. Uw kamer

bevindt zich op de eerste verdieping.'
Passepartout was alleen in het **grote**
huis aan Savile Row.

Hij keek tevreden om zich heen, nam zijn
koffer en ging naar de bovenverdieping.

'Dit **bevalt** me! O ja! Vooral deze plek
bevalt me!' riep hij uit terwijl hij op het bed
neerplofte. De kamer was warm en gezellig:
er was zelfs gasverlichting.

Boven de open haard zag hij een vreemd
ingelijst schilderij. Passepartout stond op en
pakte het vast. Op dat moment besefte hij
dat het geen schilderij was, maar een dage-
lijks werkprogramma!

Meneer Fogg is echt de baas die ik zocht!
dacht hij hardop met een *gelukzalige*
glimlach op zijn snuit.

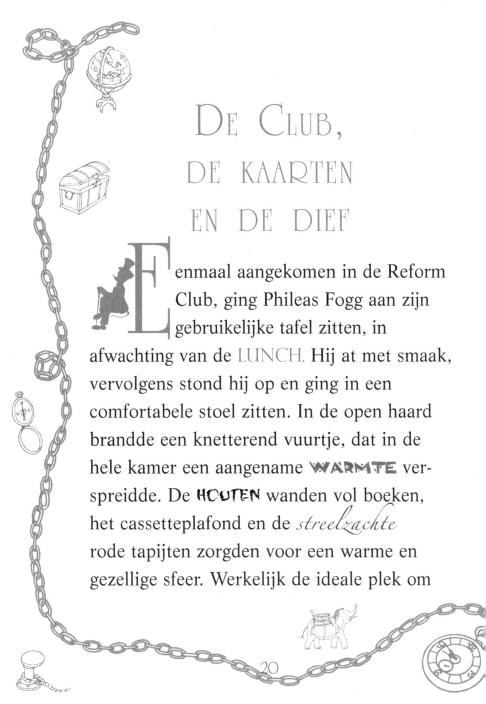

DE CLUB,
DE KAARTEN
EN DE DIEF

Eenmaal aangekomen in de Reform Club, ging Phileas Fogg aan zijn gebruikelijke tafel zitten, in afwachting van de LUNCH. Hij at met smaak, vervolgens stond hij op en ging in een comfortabele stoel zitten. In de open haard brandde een knetterend vuurtje, dat in de hele kamer een aangename WARMTE verspreidde. De HOUTEN wanden vol boeken, het cassetteplafond en de *streelzachte* rode tapijten zorgden voor een warme en gezellige sfeer. Werkelijk de ideale plek om

eindelijk in hemelse stilte de krant te lezen!
Kort daarna kwam de vereniging tot leven
en werden de stoelen allemaal ingenomen
door leden. Fogg daarentegen leek er niets
van te merken: hij bleef verder lezen, wegge-
zakt in de stoel.

Op een gegeven moment begonnen twee
leden, Thomas Flanagan en Gauthier Ralph,
die bij de BANK VAN ENGELAND werk-
ten, een bijzonder INTERESSANT gesprek.
In de bank was namelijk een diefstal
gepleegd. Een buitengewone zaak:
nooit eerder had iemand dit gedurfd.
Sterker nog: het was zo ONDENKBAAR,
dat zelfs de politieagenten die aan de ingang
de wacht hielden niks door hadden.
'ALLEMACHTIG! Echt een meesterlijke zet!'
riep Thomas Flanagan uit.

'Dat kan je wel zeggen! De buit bedraagt vijfenvijftigduizend Britse pond,' antwoordde Ralph.

'Wat een schurk! Alleen een doorgewinterde misdadiger durft zoiets aan,' onderbrak Stuart hem **ontstemd.**

'Echt een stuk **uitschot!**'

'Vrienden, jullie vergissen je! Die dief van jullie is in werkelijkheid een edelmuis.'

Deze woorden kwamen vanachter de pagina's van de krant *De Wakkere Muis,* onmiddellijk gevolgd door de onbewogen snuit van Phileas Fogg.

'Het staat hier geschreven,' voegde hij er kalm aan toe. 'En als een **SERIEUZE** en vertrouwenswaardige krant als *De Wakkere Muis* dit zegt, is het geloofwaardig!'

Na een uur verplaatste de discussie zich van de zithoek naar de speeltafel.

Kaarten was namelijk het *favoriete* tijdverdrijf van de leden van de Club en vooral van Fogg. Zoals Phileas vaak zei, kaarten heeft één groot *voordeel:* je kan urenlang spelen zonder te hoeven praten!

Tussen twee partijtjes door zette men niettemin de discussie over de **diefstal** voort.

'Hij zal zeker niet ver komen!' zei Gauthier Ralph. 'De politie gaat van deur tot deur.'

'Als je het mij vraagt, krijgen ze hem niet! De wereld is zo groot!' besloot Andrew Stuart.

'En ik zeg nogmaals dat jullie je vergissen!' was het onverwachte antwoord van Phileas Fogg.

24

Een gevaarlijke
weddenschap!

'**W**at zei je daar?' antwoordde Stuart een beetje verrast door de tussenkomst van Fogg.

'Simpel! Ik wil zeggen dat vandaag de dag de wereld niet meer zo groot is!' antwoordde Fogg.

'Dat is waar!' kwam Sullivan tussenbeide. 'Ik heb gelezen dat slechts tachtig dagen volstaan om *rond de wereld* te reizen.'

'**ONMOGELIJK!**' riepen de anderen.

'En toch heeft hij gelijk,' snoerde Fogg hen de mond. 'Tachtig dagen zijn meer dan genoeg.'

'Weet je zeker dat dat voldoende is? Ook al stormt het en lijd je schipbreuk?' daagde Stuart hem uit. 'En wat als indianen de trein overvallen?'

Het antwoord van Fogg liet niet op zich wachten: 'Heel zeker, meneer Stuart. Ikzelf ben klaar om er meteen aan te beginnen!'

'U houdt ons voor de gek, beste Fogg!' kwam Fallentin tussenbeide.

'Absoluut niet heren, sterker nog, ik zou verheugd zijn als meneer Stuart mij zou willen vergezellen!'

'Ik denk er niet aan!' antwoordde Stuart, die alsmaar onrustiger werd. 'Maar ik ben bereid er vierduizend pond om te verwedden dat zelfs Fogg dit niet kan.'

'**Menen** jullie dat?' vroeg Sullivan vol ongeloof.

'Natuurlijk!' antwoordde Stuart, zo **ROOD**
als een kreeft. 'Een Engelsmuis maakt nooit
een grap wanneer hij om iets wedt!'
'Dan is de zaak beslist!' zei Fogg.
'Ik ga de weddenschap aan! Maar de inzet
zal twintigduizend pond zijn, de helft van
mijn vermogen.'
'Doe geen domme dingen, Fogg!' zei Fallentin
om hem op andere gedachten te brengen.
Maar hij had de beslissing al genomen en
niets had hem van gedachten kunnen laten
veranderen.
Sterker nog, Fogg stelde aan de andere vijf
voor om zich tegen hem te verenigen in de
weddenschap.
'Wat zeggen jullie van mijn voorstel, heren?'
'Jullie vijf tegen mij!'

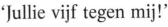

De anderen keken hem enkele ogenblikken VERBIJSTERD aan. Toen antwoordde Sullivan: 'Het is natuurlijk waanzin... maar we aanvaarden de uitdaging!'

'Goed, meneer Fogg!' zei Stuart na enkele ogenblikken. 'Wanneer bent u van plan te vertrekken?'

'Zo snel mogelijk!' antwoordde Fogg.

'Maar... wat doet u dan met uw BAGAGE?' vroeg Sullivan.

'Ik ben een knager met weinig behoeften,' antwoordde Fogg kalm. 'En ik koop toch alles wat ik nodig heb tijdens de reis.'

Er viel een verbaasde stilte in de kamer. Fogg ging verder: 'Over een uur, dat wil zeggen om kwart voor negen, gaat er een TREIN naar Dover, aan de oostkust van Engeland.'

En, terwijl hij naar de klok naast het raam keek, voegde hij er aan toe: 'Ik ben van plan die trein te nemen.'

'VANDAAG is het 2 oktober 1872 en als mijn **berekeningen** kloppen, ben ik terug op zaterdag 21 december om kwart voor negen 's avonds.'

Ralph en Fallentin stelden voor alle regels van de weddenschap op te schrijven.

Toen alles was **ondertekend,** wendde Fallentin zich tot Fogg: 'U weet toch dat u het risico loopt in de goot te belanden door deze weddenschap?'

Fogg antwoordde: 'Beste collega's... het onverwachte bestaat niet!'

Daarna voegde hij eraan toe, op de meest **rustige** toon ter wereld: 'En nu, als jullie het niet erg vinden, moeten we het spel afmaken.'

HET AVONTUUR BEGINT!

Passepartout had al zoveel gezien en gehoord in zijn leven, dat niets hem nog **verwonderde.** Maar toen hij het verhaal van Fogg hoorde toen die 's avonds thuiskwam, stond hij met z'n mond vol tanden.

'Een... een reis om de wereld? U hebt niet toevallig uw hoofd gestoten bij het binnenkomen, meneer?'

'Absoluut niet, Passepartout!' antwoordde Fogg met zijn gewoonlijke kalmte. 'Ik heb er zelfs twintigduizend pond op gewed.'

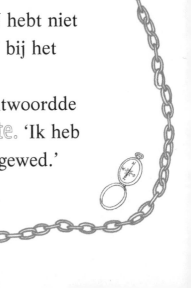

Die woorden waren de **GENADESLAG** voor de arme Passepartout.

De butler liet zich als een zak aardappelen op een stoel *vallen.*

Hij dacht: de eerste werkdag is beslist drukker dan voorzien!

Fogg gaf de jonge butler even de tijd om bij te komen van de verbazing, en ging toen verder:

'Als je het niet erg vindt, zorg dan voor onze bagage. In minder dan een uur vertrekt de trein naar Dover!'

'M-maar meneer...' *stamelde* de arme Passepartout. Het is onmogelijk om alles in zo'n korte tijd voor te bereiden!'

Fogg stelde hem gerust: 'Twee hemden, een paar goede schoenen en mijn *regenjas* volstaan.'

En na enkele ogenblikken te hebben nage-

dacht, voegde hij eraan toe: 'Ik vergat mijn reisdeken! Dit lijkt me de juiste gelegenheid om hem in te wijden.'

Passepartout had niet veel ervaring als butler, maar één ding had hij geleerd:

NOOIT DE BAAS TEGENSPREKEN!

Dus zei hij bedeesd: 'Kijk, meneer... denkt u niet dat dit een beetje weinig is voor een reis van tachtig dagen?'

'Rustig Jean,' antwoordde Fogg. 'We kopen alles onderweg!'

Terwijl hij dit zei, legde hij een heleboel stapeltjes bankbiljetten in een reiskoffer.

'Ik vertrouw op jou, Passepartout! Deze twintigduizend pond is ons VERMOGEN.'

Passepartout pakte voorzichtig de koffer en tilde hem met moeite op: het idee zoveel geld bij zich te hebben, ontnam hem alle kracht.

Terwijl hij de trap opging om naar zijn kamer te gaan, dacht hij bij zichzelf: en ik hoopte eindelijk rust te vinden...

Een half uur later, om twintig voor negen, stonden Fogg en Passepartout voor het station van Charing Cross.

Passepartout stapte met een *lenige* sprong uit de koets: 'We moeten opschieten!' zei hij, terwijl hij de koffer van zijn baas uit de koets laadde. 'De **TREIN** vertrekt binnen vijf minuten.'

'Een ogenblik, beste Passepartout,' antwoordde Fogg. 'Er is iets wat ik eerst moet doen!'

Hierna ging hij naar een **arme** vrouw die in een hoekje van het station zat en een aalmoes vroeg. 'Hier, mevrouw!' zei Fogg, terwijl hij haar een briefje van twintig pond gaf.

'Ik ben blij u ontmoet te hebben.'

De vrouw bleef Fogg bedanken tot hij aan boord van de trein stapte.

Passepartout stond met z'n bek vol tanden: hij was ontroerd door het *gulle* gebaar van zijn baas.

Het is leuk werken voor een baas met het hart op de juiste plaats!

dacht hij terwijl hij de koffer in de trein-coupé neerzette.

Enkele minuten later zette de **TREIN** zich langzaam in beweging. Passepartout, die in een hoekje zat met de koffer op zijn schoot geklemd, bekeek Fogg, die zoals altijd ONVERSTOORBAAR en rustig was.

HIER KOMEN DE PROBLEMEN!

Ondertussen was in Londen de HEISA losgebarsten! Het bericht van de weddenschap deed in de stad de ronde en de kranten stonden er vol van. Natuurlijk, zoals altijd in zulke gevallen, waren de Londenaars **VERDEELD** in twee kampen: aan de ene kant de supporters van Fogg, aan de andere kant zij die zeker wisten dat hij het niet zou halen.

De krantenverkopers die op de hoeken van de straten hun kranten aan de muis brachten, riepen: 'PHILEAS FOGG DE WAAGHALS!' of

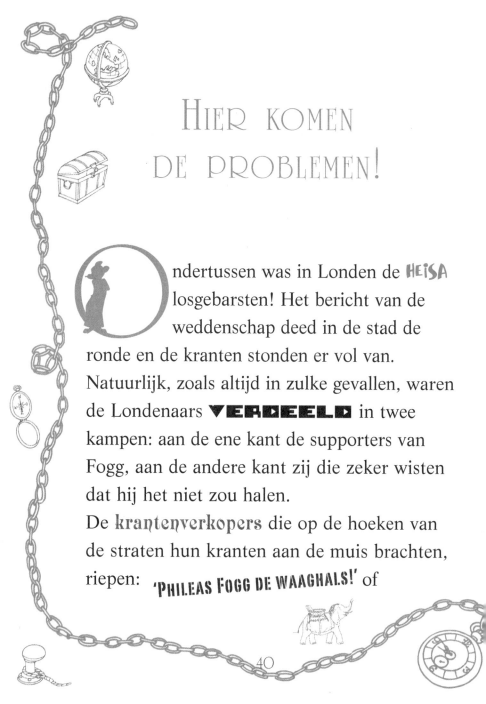

'De ongelofelijke onderneming van Fogg.'

Er waren natuurlijk ook minder beleefde krantenkoppen over de reizende gentlemuis: 'Is Fogg echt gek geworden?' Men had het over de weddenschap op alle openbare plaatsen: in verenigingen, theaters en op markten. Velen zetten in op Fogg alsof ze op een RENPAARD hadden gewed. Natuurlijk wist Fogg niets van dit alles en ook al had hij het geweten, dan mogen we er zeker van zijn dat hij zoals altijd geen spier had vertrokken. Helaas had hij ook geen weet van het bericht dat zijn plannen in één klap overhoop kon halen.

Inderdaad, precies op die dag kwam bij de politie in Londen een **TELEGRAM** aan uit Suez, een stad in EGYPTE. De boodschap was *Wacht op dief Bank van Engeland. Stop.*

Stuur onmiddellijk arrestatiebevel. Stop. Zijn naam is Phileas Fogg. Stop.

Het telegram was getekend door detective Fix. Maar hoe was zoiets mogelijk? Simpel: enkele getuigen van de diefstal bij de Bank hadden een beschrijving van de **DIEF** aan de politie gegeven. Door stom toeval kwam de beschrijving exact overeen met de foto van Fogg die net in alle kranten stond. Zo raakten de Londenaars ervan overtuigd dat de muis die vijfenvijftigduizend pond van de Bank van Engeland had GESTOLEN, niemand anders was dan... meneer Phileas Fogg! Inspecteurs en detectives werden naar alle belangrijke havens van Europa en Afrika gestuurd, in de hoop de dief te grijpen. Ook detective Fix wachtte ongeduldig: iemand had hem verteld dat Phileas Fogg

naar EGYPTE zou gaan!

Hij stelde zich het tafereel al voor: hij zou op hem afstappen met handboeien en het arrestatiebevel. Met een bevelende stem zou hij zeggen: 'Meneer Fogg? Ik arresteer u in de naam der wet!'

Helaas duurden zijn dromen van glorie niet lang. Toen de stoomboot **Mongolia** in de haven aanlegde, voldeed geen enkele passagier aan de beschrijving van de Londense politie.

Goeie hemel! gromde hij bij zichzelf, terwijl hij de arme bolhoed die hij in zijn pootjes hield uitwrong. Die Fogg laat zich niet zien! En toch weet ik zeker dat hij aan boord van dit schip is!

Uitgerekend terwijl hij in deze gedachten verzonken was, naderde er een knager die

zich **LOS** maakte van de muizenmassa.
'Pardon meneer! Mijn naam is Passepartout.
Zou u mij kunnen zeggen waar het kantoor van
de consul is? Hij moet dit *tekenen!*' zei hij
terwijl hij een paspoort liet zien.
Bijna automatisch las Fix de gegevens op
het paspoort en kreeg bijna geen ADEM
meer. Dat document was van Phileas Fogg in
hoogsteigen persoon!
Passepartout voegde eraan toe: 'Ik ben de
butler van meneer Fogg!'
'Dan vrees ik dat uw baas zich in eigen
persoon tot de **CONSUL** zal moeten
wenden,' zei Fix.

Passepartout *groette* hem met een kort
gebaar en wandelde richting stoomboot.
Detective Fix verloor geen tijd en haastte
zich naar de **CONSUL.**

'Meneer de consul, onze dief is hier op dit moment!' zei hij in één adem. 'U moet hem zo lang mogelijk ophouden! Tot het aan- houdingsbevel uit London aankomt!'

De consul antwoordde TWIJFELEND:

'Maar wat moet ik doen?'

Fix stelde voor: 'Bedenk een excuus waardoor u de paspoorten niet kunt tekenen! Zo winnen we enkele dagen.'

'Dat is ONMOGELIJK. Als het paspoort in orde is, moet ik het tekenen.' Fix wou nog verder aandringen, maar op dat ogenblik kwamen Fogg en Passepartout het kantoor binnen. Toen de consul de paspoorten opende, riep hij uit: 'Ik zie dat u een Engels staatsburger bent. Waar gaat u naartoe?'

'Ik ga naar het OOSTEN, naar Bombay,' antwoordde Fogg beleefd.

Het paspoort was in orde, dus was de consul
VERPLICHT het te tekenen.

Nadat hij bij het consulaat was langsgeweest,
ging Fogg opnieuw aan boord van de stoomboot **Mongolia.**

Hij ging zijn hut binnen en ging aan
zijn tafeltje zitten. Hij opende rustig een
klein notitieboekje en schreef:

Vertrek uit Londen: woensdag 2 oktober, 20.45u
Aankomst in Parijs: donderdag 3 oktober, 7.20u
Doortocht naar Turijn: vrijdag 4 oktober
Aankomst in Brindisi: zaterdag 5 oktober, 16u
Inscheping op de Mongolia: zaterdag 5 oktober, 17u
Aankomst in Suez: woensdag 9 oktober, 11u
Totaal: 6 en een halve dag, zoals voorzien!

Ondertussen, op de kade voor het schip,
zat die arme detective Fix te denken en te
denken hoe hij meneer Fogg kon stoppen!

PASSEPARTOUT
PRAAT TE VEEL

P assepartout wandelde op de kade van de haven. Hij keek *betoverd* om zich heen.

Zo, we zijn in EGYPTE! dacht hij bij zichzelf, bijna zonder de muizenmassa die rondom hem wandelde op te merken.

In gedachten verzonken, **LIEP** hij bijna tegen een brede knager op, met stevige snorharen en een bolhoed die hem er nogal grappig deed uitzien.

Het was detective Fix, die op de pier wandelde in de hoop de jonge BUTLER tegen te komen. Zijn plan was hem te laten praten, in de hoop dat hij iets meer zou ontdekken.

'*Oeps!* Sorry!' mompelde Passepartout. Maar, toen hij Fix herkende, zei hij vrolijk: 'U bent het! Wat een geluk dat ik u hier tegenkom: ik wou u *bedanken* voor de hulp die u ons hebt geboden!'

'Dat is graag gedaan,' antwoordde Fix beleefd. Vervolgens vroeg hij zonder veel omhaal: 'Dus jullie gaan naar Bombay!'

'Zeker, meneer! We maken een reis om de wereld!'

'Allemachtig!' zei Fix alsof hij geïnteresseerd was. 'Voor zo'n reis zal wel veel geld nodig zijn!'

'Dat kunt u wel zeggen!' antwoordde Passepartout. Hij verlaagde zijn stem en boog

zich naar het oor van de detective. 'Voor we op reis vertrokken heeft mijn baas een hele stapel bankbiljetten in een koffertje gestopt.' Jullie kunnen je wel voorstellen wat een effect die woorden hadden op Fix!

Langzamerhand raakte hij er alsmaar meer van **overtuigd** dat Fogg de dief was die hij zocht. En zo, door samen met Passepartout door de smalle straatjes van Suez te wandelen, kwam Fix veel interessante details te weten.

Aangekomen bij een reusachtige BAZAAR, namen de twee afscheid: 'Meneer Passepartout, het was mij een waar genoegen met u te praten.'

'Het plezier was aan mijn kant!' antwoordde Passepartout. Ik zou ons gesprek willen **VOORTZETTEN,** maar ik moet **VOORT-MAKEN** en weer aan boord gaan.

'Dat is waar,' antwoordde Fix terwijl hij op zijn zakhorloge keek. 'Het is al middag.'

'Maakt u soms een *grapje?*' onderbrak Passepartout hem en hij haalde onmiddellijk zijn uiterst nauwkeurige zakhorloge uit zijn vestzakje. 'Het is nog maar tien uur!'

'Uw horloge loopt achter!' merkte Fix op.

'Met alle respect, dat is **ONMOGELIJK,**' antwoordde Passepartout. 'Dit zakhorloge is een **erfstuk** van mijn overgrootvader en heeft zich nog nooit een seconde vergist!'

Fix zweeg enkele seconden, en zei toen **lachend:** 'Ik begrijp het al, mijn vriend. Uw horloge staat nog op Londense tijd, maar we zitten hier in een andere tijdzone.'

Hij liet Passepartout achter en keerde terug naar de **CONSUL.**

'Ik heb het bewijs dat Fogg de dief is die we

zoeken!' zei hij. 'Hij beantwoordt niet alleen aan de beschrijving van de politie, maar ik ben te weten gekomen dat hij met een koffer vol 𝔤eld reist!'

De consul stemde toe een nieuw arrestatie-bevel aan te vragen in Londen en dit naar BOMBAY te laten sturen.

'Ik ga ook aan boord,' besloot Fix.

'EN DEZE KEER EET IK MIJN HOED OP ALS IK DIE SCHURK VAN EEN FOGG NIET KAN ARRESTEREN!'

Rode

Schoenen

De reis op de *Mongolia* was rustiger dan voorzien. De hutten en de zalen waren **comfortabel** en *luxueus*.

Fogg bracht onverstoorbaar, zelfs tijdens 𝕤𝕥𝕠𝕣𝕞𝕨𝕖𝕖𝕣, de tijd door met kaarten met de andere passagiers.

Passepartout daarentegen bracht de tijd door met ᴢɪᴄʜ ᴠᴏʟ ᴛᴇ ᴘʀᴏᴘᴘᴇɴ met eten en op de brug te wandelen met zijn nieuwe vriend, meneer Fix. Uiteindelijk, op 20 oktober, bereikte het stoomschip Bombay.

'Uitstekend!' sprak Fogg terwijl hij van boord ging. 'We lopen twee dagen voor op schema!'

Ze hadden nog drie uur de tijd voordat de **TREIN** naar *Calcutta* vertrok, en nadat de paspoorten getekend waren, besloot Fogg om in het restaurant van het station iets kleins te eten. Ondertussen slenterde Passepartout, die de **gebruikelijke** inkopen had gedaan, door de stad. Wie had dat ooit gedacht! Ik, Jean Passepartout, in *India!* dacht hij terwijl hij zich **BREED** maakte en zich een weg door de muizenmassa baande.

In de straten heerste er grote opwinding en alles ademde een feestelijke sfeer uit. Tijdens deze dagen vierde men hier een soort Carnaval met liedjes, bals en parades.

Passepartout bekeek alles met nieuwsgierigheid en interesse.

Op een bepaald moment werd hij aangetrokken door een gebouw met GOUDEN friezen en versieringen. Het was een hindoepagode, een heilige plek van de Indiase godsdienst.

'WAT EEN PRACHT!' riep hij uit terwijl hij de enorme gevel van het gebouw bekeek. 'Ik ben echt **nieuwsgierig** naar wat er binnen te zien is.'

Helaas wist Passepartout niet dat het volgens het hindoeïsme verboden is je schoenen aan te houden in een pagode. Zo deed hij ongewild iets onvergeeflijks in de ogen van de Indiërs. De reactie liet niet lang op zich wachten en na enkele ogenblikken bevond hij zich op de grond, en werd hij aangevallen door drie **furieuze** priesters. Hij was zo verrast dat hij

zelfs geen tijd had om te reageren: in enkele seconden trokken de drie zijn schoenen uit en gooiden ze de pagode uit.

De zaak had **SLECHT** kunnen aflopen, maar gelukkig was Passepartout een sterke en atletische muis. Met een lenige beweging en enkele FLINKE duwen slaagde hij erin zich uit de klauwen van zijn aanvallers te bevrijden en snel de tempel uit te vluchten.

Jammer genoeg moest hij zijn prachtige rode schoenen achterlaten.

Bij het station aangekomen, vertelde Passepartout het voorval aan Fogg, zonder zich ervan bewust te zijn dat iemand anders hen met veel interesse afluisterde.

·GOED! EEN MISDRIJF OP INDIAAS GRONDGEBIED,·

zei detective Fix, verscholen in de schaduw, tegen zichzelf.

·DEZE KEER ZIT MENEER FOGG ECHT IN DE PROBLEMEN!·

NIEUWE
MUILTJES

Na het verlaten van BOMBAY en detective Fix met zijn geheimdoenerij, begonnen Fogg en Passepartout aan de reis richting Calcutta. Het was mooi weer en door het raam van de **TREIN** was er een ongelofelijk uitzicht te zien.

Fogg bleef zoals altijd rechtop zitten, met zijn *pootjes* rustend op zijn wandelstok. Tegenover hem bekeek Passepartout het landschap met een blik vol verwondering.

'Mijn beste Passepartout, zal ik een paar

nieuwe schoenen voor je kopen?' zei Fogg opeens, de stilte **VERBREKEND.**

Passepartout merkte dat zijn baas zijn *pootjes* bekeek die in een reisdeken waren gewikkeld.

Met een beetje schaamte antwoordde hij: 'Eh… graag meneer… maar we moeten nu eenmaal wachten tot in Calcutta.'

'IK HEB GOED NIEUWS VOOR JOU, JONGEMUIS!'

klonk opeens een stem. 'Deze trein stopt ook in Burhanpur.'

Het was een DEFTIGE heer in uniform die bij de deur van de coupé stond.

'Aangenaam, heren! Mijn naam is Cromarty!' zei hij tegen hen. 'Generaal Francis Cromarty, om precies te zijn.' Vervolgens vroeg hij, met die typische Engelse beleefdheid: 'Mag ik in deze coupé gaan **zitten?'**

'Zeker,' antwoordde Fogg even beleefd.
'Ik ben Phileas Fogg en dit is mijn butler,
Jean Passepartout.'

Toen iedereen zich had voorgesteld, zaten
de drie de hele namiddag in stilte. Na het
avondmaal viel Passepartout in slaap op de
bank met zijn pootjes in de deken gewikkeld,
terwijl Fogg de generaal het doel van hun reis
uitlegde. Sir Cromarty, een echte Engelsmuis,
verbaasde zich absoluut niet over de zaak en
wenste Fogg veel succes met de weddenschap.
De reis verliep verder rustig gedurende de
nacht.

De TREIN reed met grote snelheid over
immens uitgestrekte vlakten en door groene
wouden. De volgende dag, 21 oktober,
bereikte de trein 's middags Burhanpur.
Zoals gewoonlijk stapte Fogg niet uit, terwijl

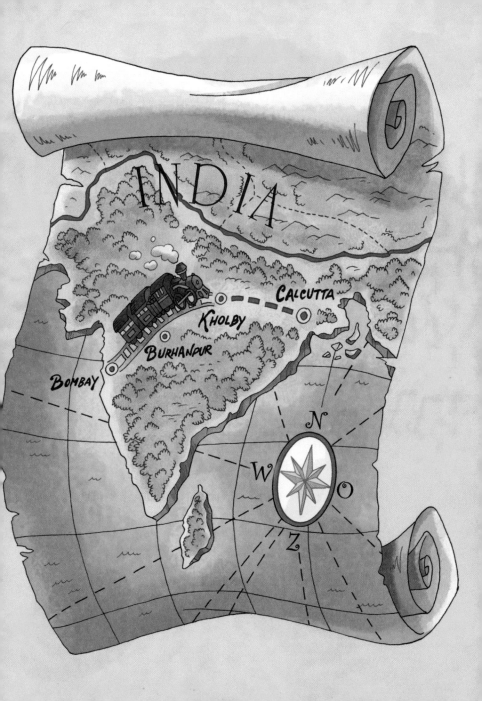

de generaal en Passepartout van de gelegenheid gebruik maakten de *pootjes* te strekken.
Na een uur vertrok de trein weer en
gingen de drie terug naar hun plaats.
Vandaag zag Passepartout er echter
VROLIJKER en meer tevreden uit. Hij
liep namelijk niet meer *blootsvoets*, maar
pronkte met zijn Indiase muiltjes!
De reis ging verder. Maar op een bepaald
moment minderde de trein vaart, tot hij
volledig tot stilstand kwam.
De drie keken elkaar verbaasd aan.
'Ik begrijp het niet...' begon Fogg. 'Er zijn
geen andere haltes voorzien tot Calcutta.'
Passepartout ging naar de controleur om te
vragen wat er aan de poot was.
Hij vroeg op *beleefde* toon: 'Pardon,
waar zijn we op dit moment?'

'We zijn in Kholby,' antwoordde de controleur.

'En mag ik weten waarom we gestopt zijn?' vroeg Passepartout door.

'Simpel!' antwoordde de ander op de rustigste toon ter wereld. 'Omdat hier de rails eindigt.'

De staart van Passepartout draaide van pure verbazing helemaal in de knoop.

'De rails eindigt hier?!' herhaalde hij ongelovig.

'Hoe moeten we dan de reis naar Calcutta voortzetten?'

De controleur haalde zijn schouders op en stelde voor te doen zoals iedereen: lopen!

Fogg werd zoals gewoonlijk niet van zijn stuk gebracht door dit VRESELIJKE nieuws.

'Kalmte, Passepartout! Ik had voorzien dat

we **moeilijkheden** zouden ondervinden.'
'Maar, meneer…' antwoordde de butler.
'U denkt toch niet dat ik te voet Calcutta
kan bereiken op deze muiltjes?'
'We hebben een alternatief VERVOERMIDDEL
nodig!' kwam generaal Cromarty tussenbeide.
'Dat is precies waar ik ook aan dacht,'
antwoordde Fogg. Toen wendde hij zich
tot zijn butler en voegde eraan toe:

'HET IS AAN JOU, PASSEPARTOUT! JIJ WEET WAT TE DOEN!'

Mag ik jullie voorstellen: Kiouni!

Fogg had er goed aan gedaan op Passepartout te vertrouwen. De butler stelde hem dan ook niet teleur en na een poosje kwam hij breed glimlachend terug.

'Ik heb gevonden wat we nodig hebben!' begon hij en gebaarde meneer Fogg en Sir Cromarty hem te volgen. Na enkele passen stonden de drie oog in oog met een **ENORME** Indiase olifant, Kiouni genaamd.

'Goed gedaan!' zei Fogg zonder een spier te vertrekken. Het probleem was de eigenaar van de olifant te overtuigen het *dier* te verkopen. Eerst bood Fogg zeshonderd pond, daarna achthonderd en uiteindelijk duizend. De oude Indiër rook geld en weigerde, in de hoop dat Fogg steeds meer zou bieden.

'Denk er goed over na, meneer Fogg...' fluisterde Sir Cromarty hem stilletjes toe nadat hij hem even apart had genomen.

'U riskeert een **BERG** geld uit te geven!' Fogg wist echter waar hij mee bezig was en uiteindelijk kocht hij de **olifant** voor tweeduizend pond. Toen Passepartout dat bedrag hoorde, werd hij *duizelig.*

'Bij alle gaten in de kaas!' riep hij uit, zo wit als een laken. 'Ik wist niet dat reizen in India zoveel geld kostte!'

Fogg was erg *aardig* en bood generaal
Cromarty een lift aan tot Calcutta, die de
generaal graag aannam.

Nadat ze een jonge gids in dienst hadden genomen om de olifant te leiden, namen de drie
plaats in een enorme mand die **vastgebonden**
was op de rug van het dier, en vertrokken.

De reis was niet erg comfortabel: bij elke
stap van de olifant werden de drie van links
naar rechts geslingerd.

Na de hele dag door het woud te hebben
getrokken, hield de groep halt voor de
NACHT.

Ze zetten hun **kamp** op op een open plek
tussen de bomen en maakten **vuur** om
te koken en de tijgers op afstand te houden.

Fogg, Passepartout en Sir Cromarty kropen
na het avondmaal diep onder hun dekens

en vielen rond het **vuur** in slaap.

De gids bleef liever bij de olifant slapen.

De volgende ochtend, na het ontbijt,

vertrokken ze weer.

Alles leek volgens plan te verlopen, tot ze plotseling in de verte **geluiden** hoorden. De gids liet de olifant stoppen en iedereen bleef stil en luisterde. Het geluid werd steeds **luider:** het was een soort gejammer, een droevige melodie.

Verstopt achter de dichte begroeiing, waren de vier getuige van een ongelofelijk spektakel.

Een **LANGE** stoet kwam tussen de bomen door. Vooraan liep een vijftigtal muizen met een tuniek en een tulband. Achter hen volgde een enorme *houten* kar waarop een levenloze knager lag.

Het was zeker een Indiase *prins,* want hij

73

was gekleed in een gouden tuniek en op zijn
hoofd droeg hij een tulband met edelstenen.
'Het is een BEGRAFENIS!' fluisterde Sir
Cromarty in het oor van Fogg.
Het lichaam was dat van de **RADJA** van
Bundelkhand.
Maar de verbazing was nog niet voorbij:
achter de kar volgde een knappe jonge muizin,
gekleed in een lange, rijkelijk versierde
tuniek. Ze droeg haar haren in een knot en
had een prachtige, fonkelende DIADEEM op
haar hoofd. Ze werd omringd door enkele
knagers alsof ze hun ~~GEVANGENE~~ was.
'Dat is AOUDA, de echtgenote van de
prins,' verklaarde de gids. 'En ze maakt zich
klaar voor de *sati.*'

'Wat is de *sati?*' vroeg Passepartout
NIEUWSGIERIG.

Het antwoord van de gids sloeg in als
een  'Dat is een vrijwillig
OFFER! De prinses zal haar echtgenoot
naar het hiernamaals volgen!'

DE MOED VAN PASSEPARTOUT

Passepartout kon zijn oren niet geloven: 'Wil... wil dat zeggen dat die knappe prinses op het punt staat te sterven?'

'Helaas wel,' gaf de gids **DROEVIG** toe terwijl hij zijn ogen neersloeg. 'Ze belandt in het **VUUR,** samen met het lichaam van haar echtgenoot.'

Ook Fogg was erg geraakt door deze woorden: 'Maar dat is **VERSCHRIKKELIJK!**' riep hij uit en verloor daarbij voor de eerste keer in zijn leven zijn kalmte.

Terwijl hij zich tot generaal Cromarty richt-
te, vroeg hij: 'Kunnen we niets doen om haar
te helpen?'
'Ik vrees van niet, meneer Fogg! Als
we ons ermee bemoeien zal het ons
duur te staan komen!'
'En ik zeg u dat we vannacht deze
muizin gaan bevrijden!' besloot Fogg
OVERTUIGD. 'Horen jullie mij?'
Die nacht werd de prinses vastgebonden op
een enorme HOUTSTAPEL, naast het lichaam
van haar overleden echtgenoot.
Alles was klaar. Na enkele ogenblikken stak
de priester het vuur aan. Dikke, zwarte rook
STEEG op.
In een ultieme wanhoopspoging stond Fogg
klaar om zich in de vlammen te werpen
toen er een oooHHH van verbazing te

79

horen was en iedereen naar de brandstapel wees. Midden in de rook en de vlammen verscheen een silhouet. Met veel kracht en lenige bewegingen nam de gedaante het bewusteloze lichaam van de knappe prinses in zijn armen en liep **haastig** weg. Het silhouet was dat van de goede Passepartout: met veel **MOED** en dankzij zijn atletische conditie had hij zich tussen de vlammen geworpen en iedereen overrompeld!

'Snel, we gaan ervandoor!' *schreeuwde* hij naar de anderen.

Enkele minuten later liep de olifant Kiouni haastig door het woud... met een extra passagier aan boord!

VAARWEL VRIENDEN!

Het is niet moeilijk je de vreugde van Passepartout voor te stellen over de succesvolle redding! Nadat ze ver genoeg v e r w ij d e r d waren, stopten ze. Generaal Cromarty complimenteerde hem en schudde hem de *poot.* Ook Fogg feliciteerde hem: 'Prima werk, mijn beste Passepartout!' zei hij met zijn gebruikelijke kalmte… maar deze keer kon je zien dat ook hij een beetje **geëmotioneerd** was.

'Dank u, heren!' antwoordde Passepartout

met een brede **glimlach.** 'Dat is heel aardig
van u, maar ik heb alleen gebruik gemaakt
van mijn ervaring als **brandweermuis!'**
Ondertussen kwam *prinses* Aouda weer bij
bewustzijn. De generaal hielp haar op te staan
en zei tegen haar: 'U moet deze jongemuis
dankbaar zijn voor zijn sluwheid en moed!'
De prinses ging naar hem toe en maakte
glimlachend een buiging. Passepartout
werd tot in de puntjes van zijn oren zo rood
als een kreeft.

Van dichtbij was prinses Aouda
nog knapper en Passepartout
bleef haar betoverd aankijken. Ze
vertrokken opnieuw en tijdens
de reis vertelde de prinses haar
DROEVIGE verhaal.

Aouda was van oorsprong Engelse, maar haar

ouders hadden **fortuin** gemaakt in Bombay.
Ze groeide op in die stad, maar ze had een
westerse opvoeding gehad, zoals haar
perfecte Engelse uitspraak aantoonde.
Ze had steeds een *gelukkig* leven geleid,
vooral na haar huwelijk met de radja.
Echter, op een vreselijke dag…
Op dat moment kon de arme prinses niet
verder vertellen en barstte ze in tranen uit.
Terwijl Passepartout en de gids haar probeer-
den te troosten, fluisterde Sir Cromarty in
het oor van Fogg: 'Prinses Aouda zal aldoor
g e v a a r lopen als ze in I N D I A blijft.'
Het antwoord van Fogg liet niet op zich
wachten:
Dat wil dan zeggen dat ze met ons meegaat tot in Europa?
Uiteindelijk kwamen ze in Allahabad aan en
daar deed Phileas Fogg iets dat veel indruk

maakte op Passepartout. Nadat hij de ver-
goeding van de gids had betaald, zei hij: 'U
was een uitstekende gids en u hebt ons ook
geholpen de prinses te **REDDEN!** Daarom
heb ik besloten u deze **olifant** te schenken.'
De gids bleef Fogg maar bedanken en ook
Kiouni, de grote olifant, leek gelukkig. Toen
Passepartout haar een suikerklontje wou
geven, legde ze haar slurf om zijn middel
en *tilde* hem op, waardoor iedereen
begon te lachen.

De arme Passepartout werd pas terug op de
grond gezet nadat hij het *dier* lang over het
hoofd had geaaid.

De reis werd zonder problemen per **TREIN**
voortgezet tot in Calcutta. Helaas moest
generaal Cromarty in Varanasi uitstappen
om zich bij zijn troepen te voegen. Ze

namen allemaal ontroerd afscheid van hem.
Fogg beloofde dat, als hij terug in Londen
was, hij de Generaal zou gaan opzoeken.
Op 25 oktober, om zeven uur 's morgens,
stapten Fogg, Aouda en Passepartout uit op
het station van Calcutta, *perfect* op schema.
Het noodlot lag echter op de loer in de
gedaante van een politieagent.
'U bent de heren Phileas Fogg en Jean
Passepartout?' vroeg hij streng.
'Zeker, meneer de agent!' antwoordde Fogg
onverstoorbaar. 'Waarmee kunnen
we u van dienst zijn?'
'Door mij gewoon te volgen,' was het onverwachte antwoord. 'U en uw butler staan
onder **ARREST!**'

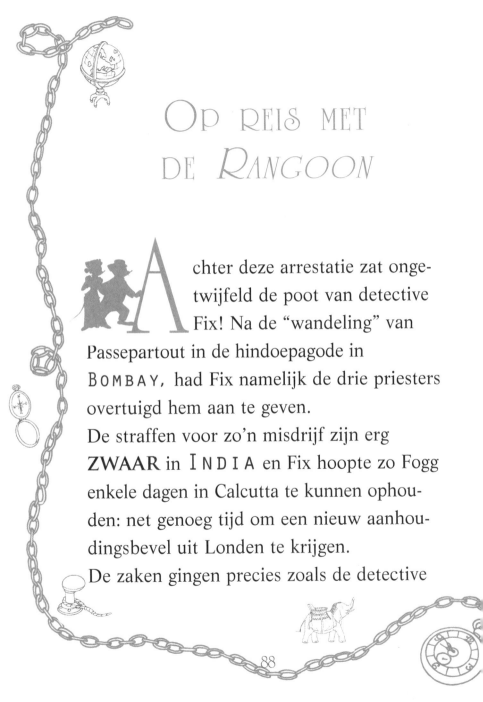

Op reis met de *Rangoon*

Achter deze arrestatie zat ongetwijfeld de poot van detective Fix! Na de "wandeling" van Passepartout in de hindoepagode in Bombay, had Fix namelijk de drie priesters overtuigd hem aan te geven.

De straffen voor zo'n misdrijf zijn erg ZWAAR in India en Fix hoopte zo Fogg enkele dagen in Calcutta te kunnen ophouden: net genoeg tijd om een nieuw aanhoudingsbevel uit Londen te krijgen.

De zaken gingen precies zoals de detective

het had voorzien. De rechter hoorde de aanklacht van de drie priesters en veroordeelde Fogg en Passepartout tot acht dagen gevangenisstraf.

'Wat een ramp!' riep Passepartout uit, terwijl Fix tevreden in zijn *poten* wreef, verstopt in het publiek.

Zoals gewoonlijk bleef Fogg kalm en vroeg of hij geen borgsom kon betalen om de gevangenisstraf te ontlopen.

De rechter stemde toe en bepaalde een borgsom van tweeduizend pond! Dat was een **ENORM** bedrag, maar Fogg betaalde zonder een krimp te geven.

Ze konden opnieuw vertrekken!

'Het is niet mogelijk! Die slimmerik slaagt er steeds in zich te redden!' gromde Fix, terwijl hij **nerveus** op zijn hoed kauwde.

De zaak liep dan wel goed af, maar de arme
Passepartout voelde zich enorm schuldig:
door hem had de weddenschap op het spel
gestaan en hadden ze een hoop **geld** uitgegeven. Bovendien was hij zo kwaad op
de drie priesters dat hij zijn rode schoenen
terugeiste. Op 25 oktober, precies om
twaalf uur in de middag, voer de stoomboot
Rangoon uit RICHTING Hongkong met
Fogg, Passepartout en Aouda aan boord.
Natuurlijk bevond Fix zich ook onder de
passagiers. Fix had inmiddels besloten Fogg
als een *schaduw* tot in Hongkong te
volgen, waar hij hem zou arresteren.
Ondertussen moest hij iets meer over zijn dief
ontdekken door Passepartout uit te horen.
Op een ochtend, heel vroeg, verliet hij
zijn hut en ging hij naar de brug waar

Passepartout zoals gewoonlijk wandelde om
van de frisse lucht en de schoonheid van de
Indische Oceaan te genieten.
Fix stapte op hem af en deed alsof hij verbaasd
was hem te zien: 'Meneer Passepartout!'
begon hij en schudde enthousiast zijn poot.
'Wat een aangenaam toeval.'
Passepartout was werkelijk verbaasd door
deze ontmoeting: 'Meneer Fix! U ook op dit
schip!' Na even te hebben nagedacht, voegde
hij eraan toe: 'Hoe komt het dat we elkaar
niet eerder hebben gezien? U moet toch ook
in Calcutta aan boord zijn gegaan!'

Fix verwachtte die vraag en antwoordde
verLegeN: 'Euh... omdat... ik snel zeeziek
word en tot vandaag ben ik ziek in mijn hut
gebleven.'
De volgende dagen ontmoetten Fix en
Passepartout elkaar veel en brachten uren
door op de brug van de *Rangoon*.
Er was echter iets waarvan Passepartout niet
overtuigd was. Al die toevalligheden vond
hij maar vreemd: eerst de ontmoeting met
Fix in Suez, daarna in Bombay en nu op het
schip naar Hongkong.
Het was alsof die muis hen achtervolgde...
Passepartout dacht dat het misschien een
SPION was, gestuurd door de leden van
de Reform Club om te controleren of Fogg
echt een REIS OM DE WERELD maakte.
De ochtend van 31 oktober, na een week

rustig varen, legde de *Rangoon* aan in
Singapore om te bevoorraden.

Zoals gewoonlijk was het de taak van
Passepartout om inkopen te doen, maar
deze keer ging ook Fogg van boord.

Hij vond het zijn plicht als gentlemuis
prinses Aouda gezelschap te houden.

Niet dat hij dit erg vond, integendeel.

Ze brachten een prachtige dag door met
een bezoek aan de stad aan boord van
een **comfortabele** koets.

Voor de arme detective Fix was het echter
een vreselijke dag: de
hele dag lang moest hij
stiekem de koets van
Fogg en Aouda volgen!

In de klauwen van een hevige storm!

Iedereen ging terug aan boord van de *Rangoon* en de boot vertrok weer.

Fix probeerde in zijn hut een plan te bedenken om Fogg te **STRIKKEN.**

Hij was er zo zeker van dat Fogg de dief van de BANK VAN ENGELAND was, dat hij alles gedaan zou hebben om hem te arresteren. Inmiddels was het een kwestie van eer geworden: hij had gefaald in Suez, in Bombay en in Calcutta. In Hongkong zou hij eindelijk laten zien uit welk hout hij gesneden was!

Er was echter één ding waarover hij zich
zorgen maakte: de Engelse arrestatiebevelen
waren slechts tot in HONGKONG
geldig. Vanaf daar kon Fogg alleen bij zijn
terugkomst gearresteerd worden.

'ALS IK HEM NIET TEGENHOUD IN HONGKONG, ZAL HET TE LAAT ZIJN!'

herhaalde hij zonder ophouden.

Terwijl detective Fix volledig **opging** in
zijn plannen, maakte Fogg zich nog steeds
geen zorgen. Het leek alsof hij nooit twintigduizend pond had ingezet om de reis om de
wereld te volbrengen.

Hij had aan boord andere fervente kaart-
spelers gevonden en dat was voor hem
genoeg. En bovendien was er nu Aouda: men
kon zeker niet zeggen dat Fogg een kletskous
was geworden, maar het gezelschap van deze
jonge muizin die zo verfijnd en vriendelijk

was, vond hij helemaal niet erg.

Je zou hier nog aan toe kunnen voegen
dat prinses Aouda ook beeldschoon was,
maar dat leek het laatste waaraan Phileas
Fogg dacht.

Passepartout vermaakte zich zoals gewoonlijk
prima. Hij bracht zijn dagen door met eten,
wandelen op de brug en kletsen met Fix.
Kortom, de reis ging geweldig goed.
Beetje bij beetje begon het weer echter te
veranderen. Steeds grotere wolken verduisterden
de heldere hemel van de voorbije dagen en de
aangename bries had plaatsgemaakt voor een
steeds hardere WIND.

In enkele uren veranderde het klimaat
volledig en op de avond van 3 november
barstte de storm los.

De wind en de golven teisterden onophoudelijk

het schip en deden het vervaarlijk overhellen.
De motoren werden op minimumkracht gezet.
Deze tegenvaller zou zeker voor een
GROTE vertraging zorgen en de reis
van Fogg in gevaar brengen.
Passepartout sprong bijna uit zijn **pels**
van spanning: als hij had gekund, was hij
in zee gesprongen en had hij het schip al
zwemmend achter zich aan gesleept.
Als we niet vóór 5 november aankomen…
dacht hij, steeds NERVEUZER …dan
missen we de aansluiting met het schip
naar Yokohama!
Omdat hij niets anders kon doen, probeerde
hij zich op zijn minst bij de bemanning nuttig
te maken: hij hielp de machinisten door
scheppen kolen in de ketels te gooien, hij
liep van hier naar daar om bevelen door

te geven en bovendien **KLOM** hij als een aap in de masten van de zeilen.

Uiteindelijk, na twee verschrikkelijke dagen, ging de storm liggen en kon het schip weer op volle **snelheid** varen. Helaas kon de verloren tijd niet ingehaald worden en bereikte de *Rangoon* de haven van HONGKONG pas op 6 november om één uur 's middags.

ZE HADDEN EEN DAG VERTRAGING.

Passepartout stond gelaten tegen de reling geleund en liet zijn kop moedeloos hangen. Fogg daarentegen, die nooit zijn kalmte was verloren, zelfs niet tijdens de storm, ging naar de kapitein en vroeg hem: 'Wat is het eerste schip naar Yokohama?'

'De *Carnatic*, meneer!' antwoordde de kapitein. 'Die vertrekt morgenvroeg om vijf uur.'

Bij die woorden spitste Passepartout
verbaaſd zijn oren.
'Maar moest die niet gisteren vertrekken?'
ging Fogg door.
'Eigenlijk wel,' antwoordde de kapitein.
'Maar er was helaas een **defect** aan de ketel
en het vertrek is uitgesteld tot morgen.'

PASSEPARTOUT SLAAKTE EEN VREUGDEKREET!

ARME PASSEPARTOUT!

Wat een nieuws! Passepartout kon het nog steeds niet geloven: het **defect** aan een ketel had hen gered.

'Zoals je ziet, Passepartout...' zei Fogg doodkalm, '...kan een onvoorzienigheid een geluk bij een ongeluk zijn.'

Waren ze echter te laat geweest voor de *Carnatic*, dan hadden ze minstens nog **een week** moeten wachten.

Daarentegen hadden ze nu de tijd om in een hotel wat te slapen en de volgende dag

rustig te vertrekken. Nadat ze zich in
hun kamer hadden geïnstalleerd, riep Fogg
Passepartout bij zich en gaf hem de taak
naar de haven te gaan en drie tickets voor
de *Carnatic* te kopen.
Passepartout verwachtte niet anders: hij
zou van de gelegenheid gebruik maken om
+oerist te spelen. Inmiddels waren zijn
bezoeken aan de steden waar ze halt hielden
een ware *passie* geworden.
In de haven wachtte hem echter een andere
aangename VERRASSING.

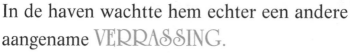

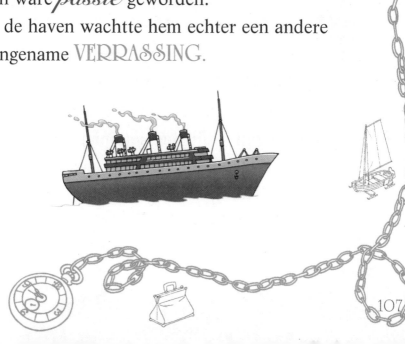

'Ik deel u mee, meneer,' zei de kaartjesverkoper op PROFESSIONELE toon,
'dat het defect reeds *gerepareerd* is.
Daarom vertrekt de *Carnatic* vanavond in
plaats van morgen.'
Dat klinkt als muziek in mijn oren! dacht
Passepartout. Op die manier winnen we de
helft van de tijd die we door de STORM
waren verloren. Dit moet mijn geluksdag zijn!

Helaas had de arme Passepartout te
vroeg gesproken: het lot had namelijk
een SMERIGE streek voor hem in petto.

Terwijl hij door de straatjes van de stad
wandelde, zag hij een muis die op hem af
kwam en zijn snuit was hem niet onbekend.
'Meneer Fix!' zei hij terwijl hij hem de poot
schudde. 'Het lijkt wel alsof u mij volgt!'
'Ja, natuurlijk!' gaf Fix toe.

Toen voegde hij eraan toe: 'Wat zeg je van
een kop thee? Ik zou met u op een wat
rustigere plek willen spreken.'
Deze keer was Fix van plan om de hele
waarheid aan Passepartout te vertellen, in de
hoop dat hij hem zou **HELPEN**.
Als ik hem vertel dat zijn werkgever een dief is,
dacht hij, zal hij mij onmiddellijk willen helpen.
Even verder gingen ze een OOSTERS theehuis
binnen en zetten zich op twee mooie KUSSENS.
Passepartout keek vol bewondering om zich
heen, maar de woorden van Fix brachten
hem terug naar de werkelijkheid.
'Het is niet meer dan juist dat u de waarheid
weet, meneer Passepartout!' begon Fix.
'Uw meneer Fogg is niets anders dan een dief!'
Vervolgens vertelde hij met weinig woorden
het verhaal van de diefstal bij de bank en

toonde hem de beschrijving van de dief, die *perfect* overeenkwam met Phileas Fogg.
De reactie van Passepartout kwam

onmiddellijk.

'Hoe durft u?' **BRULDE** hij.

'Wie bent u om zulke dingen te zeggen?'

'Ik ben een politieagent,' antwoordde Fix, 'en u moet mij helpen om Fogg hier enkele dagen te houden.'

Passepartout was echter voor geen rede vatbaar: hij was er zeker van dat Fogg *eerlijk* was. De reis was geen excuus om te **ontsnappen,** besloot hij. Fogg is echt een weddenschap aangegaan.

Op dat moment besefte Fix dat er niets aan te doen was. Passepartout was te trouw aan zijn baas.

Er bleef niets over dan zijn laatste kaart uit te

spelen om Fogg te verhinderen te vertrekken. Met een bliksemsnelle beweging liet hij wat slaapverwekkende kruiden in het **KOPJE** van Passepartout vallen.

Het effect liet niet lang op zich wachten: na enkele ogenblikken voelde Passepartout zijn oogleden **ZWAAR** worden. Daarna begon de kamer beetje bij beetje rond te draaien en uiteindelijk viel hij LANGUIT in slaap op de kussens.

"Goed! Zo kan hij Fogg niet waarschuwen dat het schip vanavond vertrekt... en morgen zal het te laat zijn!"

De tweemaster van de hoop

Als Fogg niet zo'n rustige en beheerste muis was geweest, was hij de ochtend van 7 november in shock geraakt.

Nadat hij twee keer de bel van Passepartout had laten rinkelen, had hij nog geen antwoord gekregen. Er was iets vreemds aan de hand: zijn butler liet zich nooit twee keer roepen! Fogg en Aouda gingen naar de hal van het hotel en kwamen van de portier te weten dat hij de vorige avond niet naar het hotel was teruggekeerd.

Onverstoorbaar, zoals gewoonlijk, nam Fogg zijn bagage en begaf zich met de prinses richting haven. Om vijf uur vertrok de *Carnatic* en wie weet stond Passepartout hen daar wel op te wachten. Helaas, toen ze de haven hadden bereikt, kregen ze twee keer **SLECHT** nieuws: zijn butler was er niet en de boot naar Yokohama was de vorige avond al vertrokken! Net op dat moment kwam detective Fix eraan.

'Ik **vrees** dat het volgende schip pas over 8 dagen vertrekt!' zei hij **droevig.**

Hij vertelde dat ook hij de afvaart van de *Carnatic* had gemist.

'Dat wil zeggen dat we de volgende boot over acht dagen zullen moeten nemen,' besloot hij teleurgesteld. In werkelijkheid ontplofte hij bijna van **vreugde** omdat hij erin geslaagd was Fogg tegen te houden.

'Acht dagen? En waarom zouden we zo lang moeten wachten?' was het antwoord van Fogg, dat Fix deed **VERSTIJVEN.**

'Er zal toch wel een ander schip zijn dat ons naar Yokohama kan brengen!' En onmiddellijk begon hij **OVERAL** te zoeken, vergezeld van Aouda.

Fix volgde hen als een hondje, zonder dat ze het beseften, in de hoop dat de zoektocht geen succes had. Het geluk stond echter nog een keer aan de kant van Fogg.

Na enkele uren stapte een sympathieke zeemuis op Fogg af.

'Zoekt u een schip, meneer?'

vroeg hij beleefd.

Fogg, die de gewoonte had niet al

te familiair om te gaan met de eerste de beste,
vroeg op zijn beurt: 'Met wie heb ik eer?'
'John Bunsby, meneer, kapitein van de tweemaster *Tankadère*.'
'Goed, kapitein!' hervatte Fogg, tevreden
met het antwoord. 'Wat zou u ervan vinden
om ons naar Yokohama te brengen?'
Bunsby bleef met open mond staan. Hij
bekeek Fogg alsof hij een spook had gezien.
'Maakt u een grapje, meneer?' antwoordde hij
meteen daarna. 'Mijn tweemaster is veel te
licht om zo'n reis te ondernemen: het zou
ONVERANTWOORD zijn!'
Fogg, die zich niet gewonnen wou geven,
vroeg: 'En tot waar zou uw *Tankadère*
ons dan wel kunnen brengen?'
'Tot in Shanghai, zonder problemen!'
antwoordde de kapitein met enige trots.

Fogg wou niet onbeleefd zijn, maar wierp tegen dat naar Shanghai gaan tot niets leidde. Hij moest echt Yokohama bereiken. Alleen daar zou de boot naar San Francisco **vertrekken!**

'Met alle respect, meneer,' antwoordde Bunsby, 'het postschip naar San Franscisco *passeert* Yokohama, maar *vertrekt* vanuit SHANGHAI.'

'Ik bied u **honderd pond** per dag, plus een premie als we op tijd aankomen!' stelde Fogg voor.

Dat liet de kapitein zich geen twee keer zeggen! 'Vandaag is het 7 november! Als het weer en het **geluk** wat meezitten, garandeer ik u dat we de 11de in Shanghai aankomen.'

Toen de laatste details geregeld waren, groette Fogg de kapitein en wendde zich vervolgens

tot Fix: 'Ik zou u graag van dienst zijn door
u een lift aan te bieden.'
Fix was genoodzaakt de uitnodiging aan
te nemen.
Om drie uur 's middags verliet de *Tankadère*
de haven van Hongkong richting Shanghai.
Het was mooi weer en het schip voer op
hoge **snelheid.** Met gehesen zeilen werden
ze door de wind voortgedreven.
Ondertussen genoot prinses Aouda van het
vertrek: leunend tegen de koperen reling
staarde ze naar de horizon.
'Hoe voelt u zich, *prinses?*' vroeg Fogg,
toen hij haar discreet benaderde.
'Goed, meneer Fogg,' antwoordde zij
terwijl ze hem in de ogen keek.
'Wanneer ik bij u ben, ben ik nergens bang
voor!'

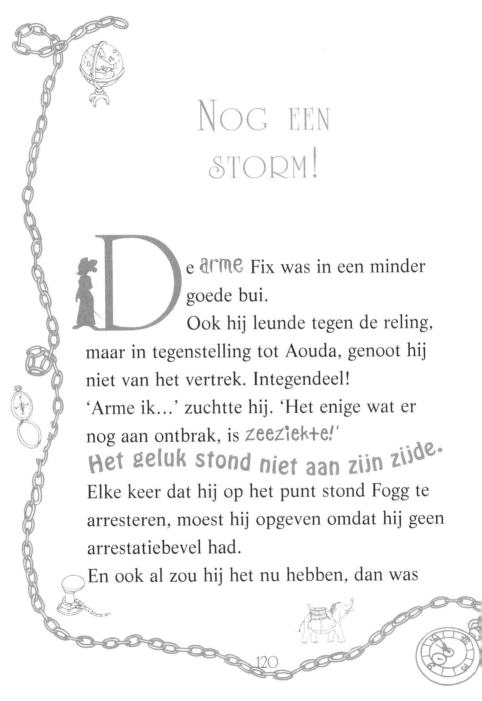

NOG EEN STORM!

De **arme** Fix was in een minder goede bui.

Ook hij leunde tegen de reling, maar in tegenstelling tot Aouda, genoot hij niet van het vertrek. Integendeel!

'Arme ik...' zuchtte hij. 'Het enige wat er nog aan ontbrak, is **zeeziekte!**'

Het geluk stond niet aan zijn zijde.

Elke keer dat hij op het punt stond Fogg te arresteren, moest hij opgeven omdat hij geen arrestatiebevel had.

En ook al zou hij het nu hebben, dan was

het toch tevergeefs geweest: in de Verenigde Staten was het arrestatiebevel **niet geldig**. Hij moest nu wachten tot ze terug in Engeland waren om Fogg te kunnen arresteren.

'Er is toch al één ding geregeld! Ik heb die vervelende **Franse** butler buitenspel gezet!' besloot hij terwijl hij naar het benedendek ging. Fix was echter niet de enige die aan het lot van Passepartout dacht. Ook Fogg vroeg zich af wat er met hem gebeurd kon zijn. Na lang nagedacht te hebben, besloot hij dat zijn butler **AAN BOORD** van de *Carnatic* was gegaan en dat ze elkaar in Yokohama zouden weerzien. Voor de rest zou het niet **moeilijk** zijn om, eenmaal aangekomen in de Japanse haven, een Fransman met de naam Passepartout terug te vinden die van een schip uit Hongkong kwam!

De tocht verliep ondertussen rustig: in twee
dagen hadden ze al meer dan honderd mijl
gevaren.
De problemen begonnen op 9 november in de
vroege uurtjes. De zee veranderde **PLOTSELING:**
steeds hogere golven beukten in op de flanken
van de tweemaster. **Gevaarlijke**
draaikolken en tegenstromen vertraagden
hun snelheid. De kapitein ging naar Fogg en
zei: 'Ik moet u waarschuwen meneer, er is
STORM op komst!'
'Geen probleem, kapitein,' antwoordde Fogg
zonder een spier te vertrekken.
'Ik vertrouw op u en uw bemanning.'
Fogg deed er goed aan op hem te vertrouwen,
want binnen enkele uren zouden de ervaring en
bekwaamheid van Bunsby onmisbaar blijken.
Rond acht uur brak inderdaad de hel los

en de *Tankadère* werd bestookt door een
SCHRIKWEKKENDE storm met
regen en WIND.

Fogg, Fix en Aouda, die niet naar het benedendek wilden gaan, werden heen en weer
geslingerd en moesten zich aan de reling
vasthouden om niet meegesleurd te
worden door de hoge golven. De kapitein
gaf bevelen die de matrozen snel en precies
uitvoerden. Meer dan één keer stonden ze op
het punt te zinken, verslagen door de kracht
van de zee, maar elke keer werd het ergste
vermeden, dankzij de **STEVIGHEID** van
het schip en de vaardigheid van de kapitein.
's Nachts werd het nog erger, zo erg dat
Bunsby er op een bepaald moment aan dacht
zich gewonnen te geven en in de dichtstbij-
zijnde haven aan te leggen.

De koppigheid van Fogg overtuigde hem
echter om door te gaan: 'Ik ken maar
één haven waar we kunnen stoppen, en
dat is die van SHANGHAI!' had hij
onverstoord gezegd, terwijl hij nat werd
door het opspattende water.
Uiteindelijk, in de ochtend van 11 november,
ging de storm liggen. De tweemaster voer
weer snel en licht over de golven.
Helaas konden ze de tijd die ze door de
storm waren verloren niet inhalen: op tijd
aankomen was onmogelijk. Toen het zeven
uur had geslagen, het tijdstip waarop ze
aan boord van de stoomboot richting
San Francisco moesten gaan, was de haven
van Shanghai nog drie mijl verwijderd.
'Bij alle kaaskorsten!' riep Bunsby uit, terwijl
hij het roer losliet. **Nu is het afgelopen...**

Maar net op dat moment doemde er een ENORME schaduw in de verte op: het was de stoomboot *General Grant* die met gehesen zeilen richting Amerika vertrok. Opnieuw was Fogg niet te stoppen: 'Kapitein, hang de vlag halfstok en vuur een **WAARSCHUWINGS- SCHOT** af!'

In zeemuistaal is dit een verzoek om hulp en wie dit ziet is verplicht te reageren.

Het idee werkte! De *General Grant* veranderde van koers om de *Tankadère* ter hulp te schieten.

Enkele minuten later waren Fogg, Aouda en Fix aan boord van de stoomboot die hen naar de Verenigde Staten zou brengen.

De reis ging verder!

Wat was er met Passepartout gebeurd?

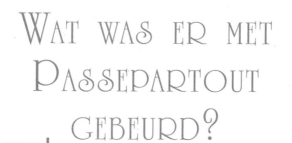

n Passepartout? Hoe was het hem vergaan? Dit is in een notendop wat er met hem gebeurde.

Nadat Fix was weggegaan en hem *slapend* op de kussens in het theehuis had achtergelaten, hadden twee kelners hem "vriendelijk begeleid" tot aan de deur (maar misschien was het beter te zeggen dat hij als een zak AARDAPPELEN naar buiten was gegooid).

Na enkele uren was hij compleet verdoofd wakker geworden, met slechts één doel voor ogen: aan boord van de *Carnatic* zien te komen!

Nog zwak en verward was hij in de haven aangekomen en met een laatste wanhopige inspanning aan boord geklommen.

Vervolgens was hij **uitgeput** in een sloep in slaap gevallen.

Bij het eerste ochtendlicht was hij door een **frisse bries** wakker geworden. Beetje bij beetje begon hij zich de dingen van de vorige avond te herinneren. Hij dacht ook terug aan het verhaal van de diefstal bij de BANK VAN ENGELAND en was er nog meer van overtuigd dat Fix hem een leugen had verteld.

Op dat moment was hij opgestaan en naar de kapitein gegaan om nieuws van zijn baas te vernemen. Nadat hij zich had voorgesteld, had hij het nummer van de hut van Phileas Fogg gevraagd. Nadat hij de passagierslijst had bekeken, antwoordde de kapitein dat er

niemand met die naam aan boord was. Passepartout had even aangedrongen, maar de kapitein had GEËRGERD herhaald dat Fogg niet aan boord was. Passepartout was verbaasd op een stoel neergeploft.

Hoe was het mogelijk dat Fogg en Aouda niet aan boord waren?

Na even nagedacht te hebben, werd alles hem duidelijk: het was zijn schuld, hij had Fogg niet laten weten dat de *Carnatic* vroeger zou vertrekken. Of liever, het was de schuld van die **schurk** van een Fix. Door die gemene Fix had hij niet op tijd het hotel kunnen bereiken en Fogg kunnen inlichten. Het resultaat bleef helaas hetzelfde: Fogg was in Hongkong achtergebleven. Nu was er echter een ander *PROBLEEM* op

te lossen. De maaltijden en het verblijf op
het schip waren van tevoren betaald...

Maar eenmaal in Yokohama, wat moest hij dan doen?

In zijn zak zat alleen wat kleingeld, maar hij
besloot er tot de aankomst niet verder over
na te denken.

Op dat moment stond er hem maar één ding
te doen: naar de keuken gaan en zijn buikje
rond eten!

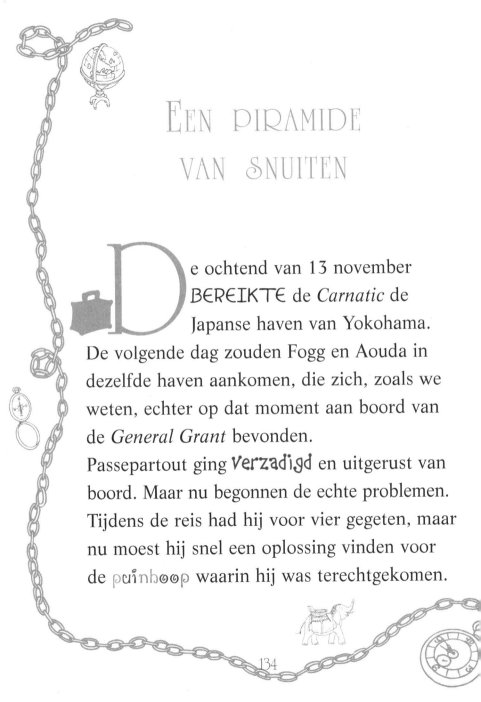

EEN PIRAMIDE
VAN SNUITEN

D e ochtend van 13 november BEREIKTE de *Carnatic* de Japanse haven van Yokohama. De volgende dag zouden Fogg en Aouda in dezelfde haven aankomen, die zich, zoals we weten, echter op dat moment aan boord van de *General Grant* bevonden.

Passepartout ging **verzadigd** en uitgerust van boord. Maar nu begonnen de echte problemen. Tijdens de reis had hij voor vier gegeten, maar nu moest hij snel een oplossing vinden voor de puinhoop waarin hij was terechtgekomen.

Hij stopte in het midden van de massa passagiers die van de loopbrug naar beneden kwamen en **keek** om zich heen.

'Goed. Wat zou een Franse butler in Japan kunnen doen?' zei hij tegen zichzelf.

Na verschillende mogelijkheden, waaronder straatzanger worden, afgekeurd te hebben, besloot hij zijn pak in te wisselen voor een minder duur exemplaar. Door die wissel zou hij zeker wat centen overhouden voor het **middagmaal.** Wat verder zag hij een winkeltje dat geschikt leek. Even later kwam hij weer buiten in een **oud** Japans gewaad en met een beetje geld in zijn zak.

Passepartout begaf zich naar een klein restaurant. Daar liet hij het middagmaal serveren.

Na enkele uren begon de honger echter

opnieuw te knagen en had Passepartout geen
geld en ook geen ideeën meer.

De enige mogelijke oplossing was Japan zo
snel mogelijk verlaten en met de boot naar
Amerika vertrekken.

'Oké... maar waar vind ik het geld om een ticket te kopen?'

dacht hij, terwijl hij MOEDELOOS in
de straten van Yokohama rondzwierf.

Plotseling zag hij iets dat zijn aandacht trok.
Op de gevel van een huis hing een affiche:

> ⭐ **Groot Acrobatengezelschap van Mr. Batulcar.**
> **Laatste voorstelling voor het tournee door de Verenigde Staten.**
> **Uitzonderlijk optreden van de Langsnuiten!**
> **Mis het niet!** ⭐

'Tournee door de Verenigde Staten?' las hij
hardop, met glinsterende ogen.

Dat is de oplossing voor mijn problemen!
Het circus vinden was niet moeilijk. Toen
hij voor een **enorme** tent met
gekleurde spandoeken en afbeeldingen stond,
zag hij dat hij op de juiste plaats was. Een
soort reus met lange snorharen in Japanse
kledij kwam nors op hem af. Het was de
eigenaar van het circus, meneer Batulcar in
eigen persoon.
Passepartout schraapte al zijn moed bij elkaar
en vroeg: 'Hebt u toevallig een butler nodig?'
'Ik heb er al twee die **gratis** werken en nooit
klagen!' antwoordde Batulcar grof.
Passepartout was echter niet van plan zich
gewonnen te geven.
'Ik kan koorddansen en zingen met het
hoofd omlaag terwijl ik een tol op mijn poot
laat draaien.'

'Mmm… en bent u ook **STEVIG?**' vroeg hij.
'Zo stevig als een huis, meneer!' antwoordde
Passepartout meteen. 'Zo **STERK** als een
beer! Vooral wanneer mijn maag gevuld is!'
Batulcar vond het antwoord wel amusant:
'U hebt mij overtuigd, jongemuis: u bent
aangenomen!'
Voordat hij wegging, draaide hij zich om
en zei nog: 'Begin vandaag nog met de
voorbereidingen! Morgen volgt uw test
bij het nummer van de Langsnuiten!'
Het optreden van de Langsnuiten was de
hoofdattractie van het circus. Deze acrobaten
traden op met kleine WITTE vleugeltjes op
de rug en een masker met een lange snuit.
De snuiten, gemaakt uit bamboestengels,
dienden om fantastische manoeuvres uit te
voeren en vooral voor het bekende nummer

van de **Piramiden.**

Een eerste groep acrobaten ging op de grond liggen met de snuit in de lucht.

Op dat moment klom de tweede groep op hun snuit en bleef op de snuiten in evenwicht staan. Daarna klom een derde "laag" acrobaten op de snuiten van de tweede enzovoort. Aan het einde vormden ze een piramide die evenwichtig op de snuiten was opgebouwd. Zoals we weten, was Passepartout erg STERK en werd daarom uitgekozen om een acrobaat van de eerste rij te ondersteunen, die het gewicht van de volledige piramide moest dragen.

De volgende avond begon het nummer van de Langsnuiten in absolute stilte. Het publiek volgde elke beweging met INGEHOUDEN adem. Beetje bij beetje

werd de piramide opgebouwd en ook
Passepartout, die helemaal niet nerveus
was, vervulde zijn taak uitstekend.
Na enkele minuten was de piramide af en
het publiek barstte los in een DAVEREND
applaus. Maar dat was te vroeg gejuichd!
De piramide begon steeds sneller te
slingeren, het evenwicht was zoek en...

KEDENG!

De acrobaten vielen naar beneden,
de ene op de andere.
Iemand had onverwacht zijn plaats verlaten
en zo de ramp veroorzaakt.
Het was Passepartout!

OPNIEUW SAMEN!

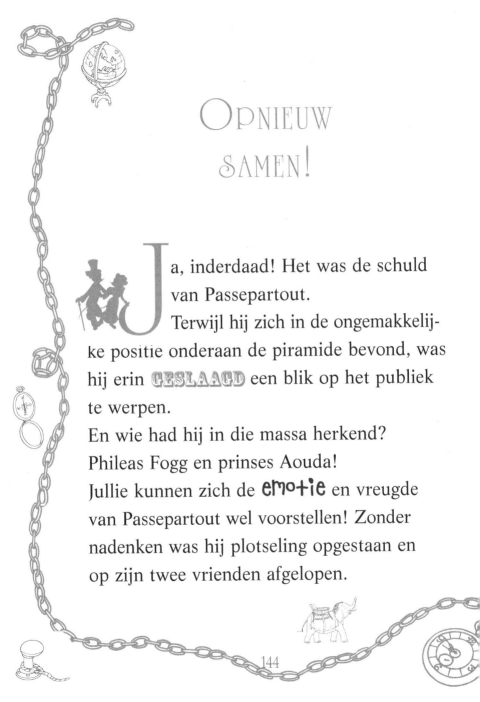

Ja, inderdaad! Het was de schuld van Passepartout.

Terwijl hij zich in de ongemakkelijke positie onderaan de piramide bevond, was hij erin GESLAAGD een blik op het publiek te werpen.

En wie had hij in die massa herkend?

Phileas Fogg en prinses Aouda!

Jullie kunnen zich de emotie en vreugde van Passepartout wel voorstellen! Zonder nadenken was hij plotseling opgestaan en op zijn twee vrienden afgelopen.

'Meneer Fogg!' **riep** hij, terwijl hij zich een
weg baande tussen de toeschouwers.
'Passepartout! Mijn vriend!' riep Fogg
verbaasd uit.
Hij liep op de jonge butler af en schudde
hem de **poot.** Wat was Passepartout
gelukkig! Ook Aouda was erg blij
Passepartout terug te zien en ze gaf hem een

kus op de wang waarvan hij **rood**
werd tot in zijn staart!
'We kunnen nu beter gaan!' besloot
Fogg terwijl hij naar de uitgang wees.
'De *General Grant* wacht op ons.'
De deur werd geblokkeerd door een reus
die zich extra breed maakte door met de
poten in zijn zij te gaan staan. Het was
Batulcar en zijn snuit beloofde niet veel
goeds.

'Waar denken jullie naartoe te gaan?' gromde hij. Vervolgens wees hij naar Passepartout en voegde eraan toe: 'Die ellendeling heeft het nummer van de Langsnuiten geruïneerd en ook mijn reputatie!'

'Ik ben bereid u te vergoeden,' zei Fogg zonder een spier te vertrekken.

En terwijl hij het koffertje met geld opende, vroeg hij Mr. Batulcar: 'Hoeveel wilt u?'

En zo was Fogg nog eens verplicht een heleboel geld **neer te tellen** door de schuld van Passepartout!

Enkele uren later, gingen de drie opnieuw aan boord van de stoomboot *General Grant* die richting San Francisco vertrok. De overtocht over de Stille Oceaan zou 21 dagen duren.

Tijdens de reis vertelden Fogg en Aouda aan Passepartout hoe ze een voorgevoel hadden dat hij in Yokohama was. En zo waren ze bij het **CIRCUS** van Batulcar terecht gekomen.

Prinses Aouda vertelde ook over de reis op de *Tankadère* in het gezelschap van een zekere Fix. Toen Passepartout die naam hoorde, **VERTROK** hij geen spier en dacht: ik vertel Fogg dat verhaal wanneer we in Londen zijn.

Toch hoopte hij dat hij Fix vroeg of laat in zijn *poten* zou krijgen zodat hij hem een lesje kon leren!

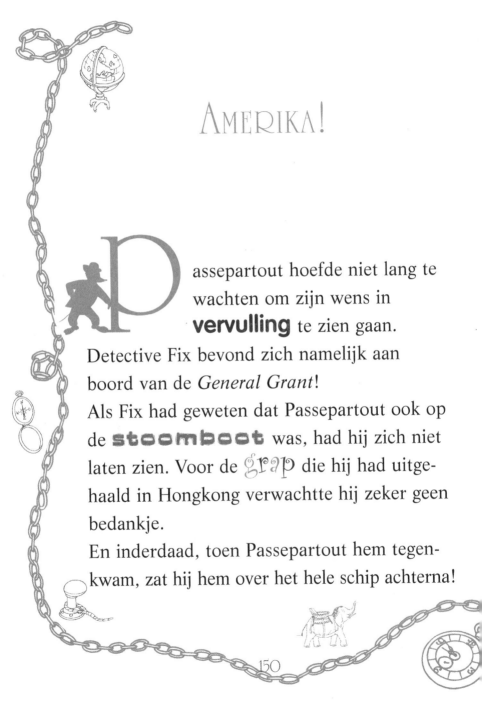

Amerika!

Passepartout hoefde niet lang te wachten om zijn wens in **vervulling** te zien gaan.

Detective Fix bevond zich namelijk aan boord van de *General Grant*!

Als Fix had geweten dat Passepartout ook op de **stoomboot** was, had hij zich niet laten zien. Voor de grap die hij had uitgehaald in Hongkong verwachtte hij zeker geen bedankje.

En inderdaad, toen Passepartout hem tegenkwam, zat hij hem over het hele schip achterna!

'Alstublieft, stop!' hijgde Fix *buiten adem*. 'U hebt gelijk dat u kwaad bent op mij, maar nu staan de zaken er anders voor. Ook ik wil dat Fogg in Londen aankomt, zodat we voor eens en altijd kunnen ophelderen of hij nu een **dief** is of niet!' Passepartout wou hem nog een laatste kans geven, maar verzekerde hem dat hij hem in de ᎶᎪᎢᎬN zou houden.

De reis verliep zonder problemen en op 23 november kon Fogg in zijn *notitieboekje* noteren dat ze al de helft van de planeet doorkruist hadden. Op dat moment bevonden ze zich inderdaad aan de andere kant van de wereld ten opzichte van Londen. Tien dagen later, op 3 december dus, ging de *General Grant* voor anker in de haven van San Francisco.

De eerste **TREIN** naar New York vertrok pas om zes uur 's avonds: Fogg had alle tijd om op het Engelse consulaat de gebruikelijke handtekening in zijn paspoort te laten zetten. Ook Aouda, Fix en Passepartout volgden hem en maakten van de gelegenheid gebruik om de stad te bezoeken.

Passepartout was buiten zichzelf van blijdschap en keek vol bewondering om zich heen: 'Wat prachtig, Amerika!' bleef hij herhalen. 'Het land van vooruitgang, vrijheid en broederschap.'

Toen hij deze zin had uitgesproken, ging hij de hoek om en kreeg hij een overrijpe appel op zijn snuit! Verbaasd zag Passepartout dat hij omringd werd door een enorme massa die schreeuwde en met vlaggen zwaaide.

Er waren levendige ruzies, er werd met fruit,

groenten en al wat ze maar in hun *poten*
kregen, gegooid...
Ze waren midden in een verkiezingsbijeenkomst
beland! Blijkbaar waren de twee politieke
groepen na lange discussies overgegaan tot
zwaardere middelen om hun gelijk te halen!
'Ik raad u aan om zo **snel** mogelijk weg
te gaan, meneer Fogg!' stelde Passepartout
op dat moment voor, terwijl hij zich een weg
door de massa probeerde te banen.
Op een zeker ogenblik botste een dikke
knager met een vreemde *baard* op de kin
en een enorme hoed op tegen detective
Fix.
'Meneer!' riep Fix **verontwaardigd.**
'U kunt zich op zijn minst verontschuldigen!'
'Ik verontschuldig mij tegenover niemand!'
antwoordde de ander dreigend.

Hij greep de arme Fix bij de kraag
en smeet hem tegen de grond.
Fogg, die het tafereel onverstoorbaar had bekeken, kwam meteen
tussenbeide: 'Meneer, mag ik
alstublieft uw naam weten?'
vroeg hij droog.

'Kolonel Stamp Proctor!'
antwoordde hij met een **grimas.**
'Goed, kolonel Proctor, u bent een
echte **lomperik!'** besloot Fogg.
'Ik zie mij verplicht u uit te dagen tot
een duel!'
Kolonel Proctor, die er als een vastberaden
type uitzag, liet zich dat geen twee keer
zeggen en begon zijn jasje uit te trekken.

DE ONVOORZIENE
BIZONS

'Helaas heb ik nu niet de tijd om met u te vechten: er wacht een **TREIN** op mij,' zei Fogg, toen hij zag dat zijn tegenstander zich klaarmaakte. 'Ik geef u mijn woord als *gentlemuis* dat ik terugkom!'

Vervolgens haalde hij een kaartje uit zijn **vest** en voegde eraan toe: 'Dit is mijn visitekaartje!' Fogg en zijn reisgezellen begaven zich naar het station.

Om zes uur **stipt** namen ze de trein die hen via de Pacific Railway, die de Verenigde

Staten in de BREEDTE doorkruiste, naar
New York moest brengen.

De reis, die zeven dagen zou duren, was
MOEILIJKER dan voorzien. Het eerste voorval gebeurde in de ochtend van de derde dag.
Bij het eerste ochtendlicht opende
Passepartout, die steeds als eerste wakker
was, vermoeid één oog. Toen hij vervolgens
door het raampje naar buiten keek, dacht hij
aan de horizon een witte **wolk** te zien. Hij
opende het andere oog en zag dat de wolk
steeds groter werd en vervaarlijk snel de trein
naderde.

Misschien **droom** ik nog! dacht hij,
terwijl hij zijn ogen uitwreef.

Toen hij echter helemaal wakker was en beter
kon zien, zag hij een immense kudde bizons
die voortdenderden en die een enorme stofwolk

157

veroorzaakten. Bang dat de TREIN in botsing zou komen met de bizons, begon hij te GILLEN: 'Snel, snel, word wakker! We worden onder de poot gelopen!'

Maar de trein kwam op tijd tot stilstand zodat de bizons het spoor konden oversteken. Helaas deden de bizons dit op hun dooie gemak.

'Hoe lang gaat deze onzin nog duren?'

schreeuwde Passepartout tegen de hoofdcon-ducteur.

Die antwoordde, zonder zijn kalmte te verliezen, dat het soms tot drie uur kon duren voordat de **bizons** allemaal voorbijgetrokken waren.

'Drie uur? Dat is niet mogelijk!' wanhoopte Passepartout. 'Zo komen we te laat aan in New York!'

Zoals te voorspellen was, fronste Fogg zijn wenkbrauwen niet eens bij deze nieuwe tegenslag. Passepartout daarentegen werd steeds **NERVEUZER** naarmate de uren verstreken. Na drie lange uren kon de trein eindelijk vertrekken. Maar na slechts een uur kwam de trein opnieuw tot stilstand.

De hoofdconducteur had **slecht nieuws:** 'De Brug van Medicine Bow staat op instorten! We kunnen er niet over... tenzij we de trein er op volle snelheid over heen laten rijden.'

Inderdaad, op die manier zou het gewicht van de trein lager zijn, maar het was hoe dan ook een erg risicovolle onderneming...

WIE DURFT EEN DUEL TE ONDERBREKEN?

Alles was klaar voor de **GEVAARLIJKE** manoeuvre. De machinist bracht de ketel naar zijn maximale vermogen en de **TREIN** zette zich met een lang gefluit op volle **snelheid** in beweging. De trein stoof in volle vaart weg, alsof hij in de lucht hing. Dit alles gebeurde zo snel dat niemand er zich van bewust was, behalve toen de brug enkele seconden later met een **OOR-VERDOVEND** gedreun in elkaar stortte. Aan het zoveelste gevaar ontsnapt, keerde

Passepartout terug naar de wagon. Op dat moment besefte hij dat er op de trein nog een andere passagier zat die hij *liever* had vermeden... kolonel Proctor! Gelukkig sliep Fogg en zo kon hij alleen aan Fix en Aouda vertellen dat de kolonel in de trein zat.

Toen Aouda die naam hoorde, werd ze LIJKBLEEK. Inmiddels voelde ze zich al een tijdje steeds meer verbonden met Fogg. Ze voelde veel waardering en genegenheid voor die gentlemuis die haar zo hoffelijk behandelde. Het idee dat Fogg zijn leven zou wagen in een duel deed de rillingen over haar staart lopen. 'We moeten voorkomen dat Fogg en de kolonel elkaar ontmoeten!' zei ze ongerust.

'Dat zal moeilijk zijn!' zei Passepartout. 'De trein is niet erg groot en we kunnen

meneer Fogg toch niet aan zijn bank
vastbinden.'
Toen hij deze woorden hoorde, lichtten
de ogen van Fix op.

'Een manier om hem aan zijn stoel gekluisterd te houden, dat is...'

Aouda en Passepartout
keken elkaar verbaasd
aan, maar toen Fix zijn
plan uitlegde, werden ze
enthousiast.
'Het is voldoende hem
bezig te houden met kaartspelletjes!' legde
hij tevreden uit.
Zoals voorzien nam Fogg de uitnodiging
maar wat graag aan: 'Gi-ga-geweldig idee!'
antwoordde hij, blij dat hij tijd kon besteden

aan zijn favoriete hobby.

Het idee van Fix leek te werken: Fogg ging zo in het spel op dat hij zelfs niet van zijn plaats kwam voor het middagmaal.

Maar tegen de avond, in het midden van een spelletje, weerklonk er een diepe stem achter Fogg: 'Als ik u was, zou ik hartendame weggooien!'

Jullie kunnen je wel de snuiten van Passepartout, Aouda en Fix voorstellen toen ze zich omdraaiden en kolonel Proctor zagen.

'We ontmoeten elkaar weer!' zei Fogg en hij legde zijn kaarten op de tafel. 'Zo, laten we voor eens en voor altijd die zaak van het duel oplossen.'

Aouda smeekte hem er van af te zien, maar er was niets aan te doen. Wanneer een Engelse *gentlemuis* iemand uitdaagt tot

een **duel**, is er niets dat hem
van gedachten kan doen veranderen.
De laatste wagon werd uitgekozen als
plaats van het gevecht en werd ontruimd.
Beiden grepen hun **wapen** en verwijderden
zich tien passen van elkaar. Toen draaiden
ze zich om en stonden ze tegenover elkaar
met getrokken pistool. Maar precies op het
moment dat ze de trekker wilden overhalen,

brak de hel los...

De moed van Phileas Fogg

ILDE kreten en geweerschoten weergalmden over de prairie en binnen enkele minuten was de **TREIN** omsingeld door tientallen muizen te paard, gewapend met pijl en boog.

De trein werd aangevallen door Sioux-indianen!

Kolonel Proctor en Fogg, met de wapens in de poot, haastten zich naar de ramen. Ze waren beiden erg **MOEDIG:** hun schoten hielden de tegenstanders op afstand. De twee feliciteerden elkaar om de beurt. Maar ondertussen werd het een harde strijd.

De Sioux waren erin geslaagd om aan boord van de trein te klimmen en waren overal. De passagiers verdedigden zich moedig, maar konden niet lang weerstand bieden. Bovendien was de **MACHINIST** gewond aan zijn schouder en reed de locomotief nu zonder controle op volle **snelheid.**

'De **TREIN** moet absoluut tot stilstand worden gebracht bij het station van Fort Kearny,' **SCHREEUWDE** de hoofdconducteur Fogg toe. 'Daar is een troep soldaten die ons kan redden.'

'Ik beloof u dat hij tot stilstand komt!' antwoordde Fogg. 'Al is dat het laatste wat ik doe!'

Passepartout gaf hem geen keus: 'Dat is mijn taak, *meneer.*'

Hierna opende hij een valluik in de vloer

en liet zich lenig onder de wagon glijden. Vanaf daar klampte hij zich vast aan het onderstel van de wielen en ging zo de hele trein af, van de ene wagon naar de andere. Terwijl boven zijn hoofd de strijd verder woedde, bereikte Passepartout de locomotief en met een ultieme inspanning koppelde hij die los van de rest van de trein.

Net op tijd, zuchtte hij, terwijl hij de locomotief in de verte zag wegrijden. De rest van de trein vertraagde zoals voorzien en kwam tot stilstand in de buurt van het station van Fort Kearny. De soldaten van het station, die al op de hoogte waren door de geweerschoten, kwamen de passagiers onmiddellijk te hulp gesneld.

De indianen sloegen na enkele minuten op

de vlucht. De strijd was voorbij!
Helaas namen de Sioux gevangenen
mee voordat ze vluchtten. Onder hen
bevond zich ook Passepartout!
Fogg stelde de kapitein voor hen te hulp te
schieten, maar de militair antwoordde dat hij
het station niet onverdedigd mocht achterlaten.
'Dan zal ik wel alleen gaan!' besloot Fogg op
een toon die geen tegenspraak duldde. 'Mijn
trouwe butler is bij de gevangenen en ik
zal alles doen om hem veilig en wel terug te
brengen.'
Bij deze woorden sloeg de kapitein zijn ogen
neer en antwoordde: 'U bent een moedige
muis... en daarom wil ik u **helpen.**' Toen
voegde hij eraan toe: 'Neem dertig van mijn
soldaten en vertrek. *Ik wens u veel succes.*'
De uren verstreken, maar niemand keerde terug.

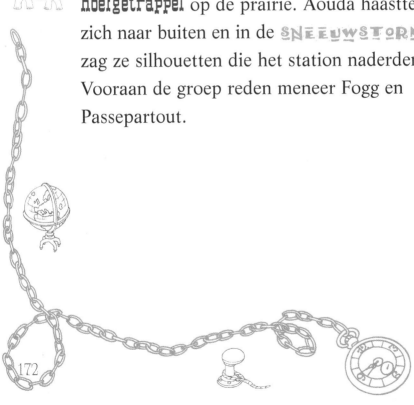

Tegen de avond werd het kouder en begon het te sneeuwen. Ondertussen wachtten Aouda en Fix steeds ongeduldiger in de verwarmde zaal van het station.

's Nachts woedde er een sneeuwstorm en de volgende ochtend was iedereen op het ergste voorbereid. Maar toen hoorden ze **hoefgetrappel** op de prairie. Aouda haastte zich naar buiten en in de **SNEEUWSTORM** zag ze silhouetten die het station naderden. Vooraan de groep reden meneer Fogg en Passepartout.

EEN SLEE
MET BOLLE ZEILEN!

De groep werd met kreten en vreugdesprongetjes verwelkomd. Aouda klampte zich vast aan de poten van Fogg en Passepartout kon zijn tranen niet bedwingen. Ook de ogen van Fix blonken van emotie, ook al probeerde hij dat te verbergen.

Helaas was enkele uren voor de terugkeer van Fogg en Passepartout de locomotief weer aan de **TREIN** gekoppeld en was de trein opnieuw vertrokken. De smeekbeden van Aouda hadden niet geholpen: de machinist

moest de dienstregeling volgen en kon niet langer wachten.

Toen Passepartout het nieuws hoorde, plofte hij *UITGEPUT* neer op een bankje.

'Arme wij...' zuchtte hij, terwijl hij zijn kop in zijn *poten* hield. 'Deze keer is het echt afgelopen! De weddenschap is verloren!'

De volgende trein zou pas 's avonds voorbijkomen en Fogg had al een vertraging van acht uur op het schema.

'Niet wanhopen, Passepartout!' sprak Fogg hem moed in, met zijn gebruikelijke kalmte. 'Je zult zien dat we ook deze keer een oplossing vinden.'

En inderdaad, hij had alweer gelijk en de hulp kwam uit de meest onverwachte hoek.

'Luister, meneer Fogg...' begon Fix. 'Er is een manier om op tijd in New York aan te komen!'

Aouda en Passepartout keken hem
verbijsterd aan.
'Gisteravond heb ik iemand ontmoet
die ons zou kunnen helpen!
'En wie mag dat dan wel zijn?' vroeg Fogg.
Fix had een glimlach op zijn snuit:
'Volg mij en u zult het zelf ontdekken!'
Enkele minuten later stonden ze voor een
Amerikaan met de naam Mudge, eigenaar
en stuurman van een eigenaardige zeilslee.
Het leek op een boot die op twee enorme
schaatsen was gezet. Mudge legde uit dat
zijn SLEE in minder dan vijf uur het station
van Omaha kon bereiken, van waaruit veel
treinen naar New York vertrokken.
Acht uur vertraging inhalen was dus niet
onmogelijk, maar ze moesten onmiddellijk
vertrekken!

Fogg liet zich dat geen twee keer zeggen.
Om acht uur vertrok de SLEE met vijf
passagiers aan boord over de bevroren
vlakte met de WIND in de zeilen. De nacht
was bitter koud en werd door een prachtige
maan verlicht. De slee gleed snel en stil.
De passagiers waren tot boven hun oren goed
ingepakt en zaten onbeweeglijk, als ijssculpturen.
Dankzij de wind en de vaardigheid van
de stuurman, kwamen ze perfect op tijd op
hun bestemming aan. Fogg gaf Mudge een
rijkelijke beloning.
Vervolgens haastte hij zich samen met zijn
metgezellen naar de eerste TREIN richting New
York. Daar wachtte de stoomboot *China* die
hen uiteindelijk naar Europa moest brengen!

WEER
VERTRAGING!

ogg en zijn reisgenoten kwamen
om half twaalf 's avonds in New
York aan. Helaas was de stoom-
boot *China* richting Liverpool al vijfenveertig
minuten eerder vertrokken.

Fogg maakte de arme Passepartout geen enkel
VERWIJT, maar deze keer was de situatie
echt ernstig. Het eerste schip dat naar Engeland
vertrok, zou pas op 14 december uitvaren.
Te laat om de **weddenschap** te winnen!
Er zat niets anders op dan een andere
oplossing te zoeken. Fogg keerde de haven

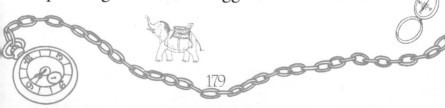

ondersteboven om iemand te vinden die
naar Europa vertrok. Net toen hij zich bijna
gewonnen wou geven, zag hij een kleine
stoomboot die klaar was om uit te varen.
Haar naam was *Henrietta*.
Fogg stapte erop af en vroeg naar de
kapitein. Een soort zeebonk, **groot** en
dik, met twee enorme bakkebaarden en
een ruw gezicht kwam hem tegemoet.
'Bent u de gezagvoerder van de *Henrietta*?'
vroeg Fogg.
'Andrew Speedy, in hoogsteigen persoon!'
antwoordde de kapitein.
'Ik zie dat u klaar bent om te **vertrekken!**'
vervolgde Fogg. 'Vaart u toevallig naar
Engeland?'
'Ik denk er niet aan!' antwoordde de kapitein.
'Mijn bestemming is Bordeaux, in Frankrijk.'

'Als ik u goed betaal, zou u mij en mijn drie
metgezellen naar Liverpool willen brengen?'
'Spreek ik soms een andere taal?'
antwoordde de kapitein niet erg **beleefd.**
'Ik heb u gezegd dat ik niet naar Engeland
ga!'
Fogg begreep dat hij aan deze muis een
hele kluif had, maar hij moest koste
wat kost in Europa zien te komen.
Daarom zette hij alles op alles: 'Ik bied
u achtduizend dollar als we met u mogen
meevaren naar Bordeaux.'
Het had effect. Speedy kon zo'n aan-
lokkelijk aanbod niet weigeren. Om negen
uur stipt stapten Fogg en zijn metgezellen
aan boord van de *Henrietta*, klaar om de
immense Atlantische Oceaan te trotseren.

Fogg ging zelf aan het roer staan!

Aangezien Speedy hen niet naar Liverpool
wou brengen, had hij besloten er zelf heen
te varen. Met de hulp van een mooi stapeltje
bankbiljetten had hij de bemanning overtuigd
hem te helpen en had hij de kapitein laten
OPSLUITEN in zijn hut, minstens tot hun
aankomst.

De oude Speedy had het niet erg goed
opgenomen. Hij leek wel een **tijger** in
een kooi en zelfs Passepartout kwam niet
al te dichtbij wanneer hij hem eten bracht!
Het eerste deel van de reis verliep rustig. De eerste problemen begonnen op 12
december. De machinist kwam bij Fogg met
een **zorgwekkende** mededeling: 'Meneer,
ik moet u waarschuwen dat de voorraad
KOLEN bijna op is!'

183

Fogg bleef zoals altijd doodkalm: 'Hoeveel voorraad is er nog?' vroeg hij.

'We hebben nog maar kolen voor twee dagen,' antwoordde de machinist moedeloos.

'Uitstekend!' antwoordde Fogg rustig.

'Blijf de ketel dus maar vullen!'

Een echte zeebonk!

Natuurlijk wist Fogg wat hij deed en was hij al iets anders aan het bedenken.

En inderdaad, twee dagen later, net voor de KOLEN op waren, riep hij Passepartout en zei: 'Breng mij kapitein Speedy!'

Enkele minuten later stond de kapitein op de brug van het schip.

Rood als een kreeft en met gespannen spieren viel hij Fogg aan: 'Piraat! Deze muiterij zal u duur komen te staan!'

Fogg, die helemaal niet bang was, begon te praten: 'Beste kapitein, ik wou met u praten want... ik wil de *Henrietta* voor zestigduizend dollar kopen.'

Speedy verstomde op slag.

Zestigduizend dollar? Met dat bedrag zou hij drie boten zoals de *Henrietta* kunnen kopen! De kapitein wendde zich tot Fogg op een **vriendelijkere** toon: 'Eh, kijk... uw voorstel is niet slecht!'

Fogg legde uit dat hij niet het hele schip wou kopen, maar alleen de houten delen.

'Ik heb ze nodig om de ketel op te stoken. In plaats van kolen te verbranden, verbranden we de *Henrietta*!'

Enkele minuten later leek het schip wel een **timmermanswerkplaats.** Iedereen

hielp mee om de bevoorrading
van de ketels op gang te houden.
Passepartout was de meest actieve
van allemaal: hij hakte, zaagde en
kliefde dat het een lieve lust was.

Het leek wel alsof hij zijn hele leven niet anders gedaan had!

Twee volledige dagen VOER de *Henrietta* op
volle kracht en uiteindelijk, op 20 december
om tien uur 's avonds, kwam de Ierse kust in
zicht. Ze hadden nog maar vierentwintig uur
de tijd en Londen was nog ver!

Met deze snelheid zouden ze Liverpool niet
binnen vierentwintig uur bereiken en, wat
erger was, er was bijna niets over om te
verbranden.

Terwijl Fogg nadacht over wat hij kon
doen, kwam kapitein Speedy erbij staan.

'Het spijt me, meneer Fogg, maar in dit tempo zult u nooit op tijd in Liverpool aankomen!'

Vervolgens wees hij naar een **verlicht** puntje op de kust: 'Wat u daar ziet, is nog maar de haven van Queenstown.'

'Ah!' antwoordde Fogg eenvoudig. 'Dan wil dat zeggen dat we in Queenstown van boord gaan.'

Misschien was alles nog niet verloren: Fogg wist dat vanuit die stad veel treinen naar Dublin vertrokken. Als ze daar eenmaal waren, zou het niet **MOEILIJK** zijn om Liverpool per boot te bereiken.

Om één uur 's nachts voer de *Henrietta*, die nu nog alleen maar een ijzeren karkas was, de haven van Queenstown binnen en enkele minuten later bevonden de vier reisgezellen zich al op een **TREIN** richting Dublin.

Ze reisden de hele nacht, eerst met de trein en vervolgens per schip.

De volgende dag, om kwart voor twaalf 's middags, dus op 21 december 1872, kwamen ze in Liverpool aan.

Op dat moment hadden ze nog *negen uur,* maar ze hadden maar acht uur nodig om naar Londen te komen!

Ze hadden de weddenschap op dat moment bijna gewonnen. Passepartout sprong bijna uit zijn **pels** van vreugde. Maar toen, net wanneer alles leek goed te komen, gebeurde er iets waardoor iedereen bevroor.

De GELAATSUITDRUKKING van Fix, die zich tot dan toe afzijdig had gehouden, veranderde plotseling. Hij stapte zelfverzekerd op Fogg

af en vroeg: 'Meneer, bent u de heer
Phileas Fogg?'
Fogg was niet snel verbaasd, maar toen
dacht hij toch dat Fix gek was geworden.
'Natuurlijk ben ik dat! Ondertussen
zou je mij wel moeten kennen!'
Fix keek hem streng aan en zei vervolgens
beslist en autoritair:

'Dan vraag ik u om mee te komen!
Vanaf nu staat u onder arrest!'

FOGG
HEEFT VERLOREN!

'In de **zee!** Ik had hem in de zee moeten gooien! Dat is wat die verrader verdient!'

Het was Passepartout die zo schreeuwde, **WOEDEND** op detective Fix.

Op het moment van de arrestatie had de Franse butler geprobeerd in te grijpen, maar Fix had **VERSTERKING** gevraagd en Fogg was weggebracht. Passepartout was zijn baas gevolgd en wandelde nu heen en weer voor de ingang van de **GEVANGENIS.**

In plaats van af te koelen, werd hij steeds

kwader op Fix. Als hij hem in zijn *poten*
had gekregen, dan had hij zijn staart maar al
te graag in een KNOOP gelegd!
'Hoe kon hij zo'n streek uithalen met Fogg,
die **lafaard?** De baas heeft hem steeds
als een gast behandeld!' herhaalde hij tegen
Aouda.

Ook zij had Fogg niet willen achterlaten en
zat in tranen op een bankje.

Enkele meters van hen verwijderd, zat Fogg
opgesloten in een CEL: hij zat op het bed,
zijn bovenlichaam onbeweeglijk en staarde
recht vooruit naar de T R A L I E S voor hem.
Wat zou hij denken?

Iedereen zou op dat moment hebben
gewanhoopt en zijn onschuld hebben
uitgeschreeuwd. Fogg leek daarentegen
weer kalm en onbewogen, alsof er

absoluut niets was gebeurd. De klok van de
gevangenis luidde één uur. Eventjes was er
een *flits* in de ogen van Fogg te zien: had hij
nu de **TREIN** genomen, dan had hij nog op
tijd in Londen kunnen aankomen!
Maar dat duurde maar eventjes en vervolgens
staarde hij opnieuw naar de muur, terwijl de
tijd onverbiddelijk verstreek.

Twee uur!

Nu was het voorbij: de resterende tijd zou zes
uur en vijfenveertig minuten later verstrijken
en Fogg zou geruïneerd achterblijven.
Op dat moment kon Fogg alleen nog door
een **mirakel** gered worden.
En het mirakel gebeurde!
Toen de klok stopte met luiden, hoorde Fogg
kabaal uit de gang komen.
Er was een galm van haastige

pootstappen en opgewonden stemmen te horen. De stem van Passepartout kwam er boven uit. Opeens zwaaide de celdeur open en stonden zijn trouwe butler en de prinses voor Fogg.

Achter hen stond detective Fix, helemaal bezweet en ademloos.

Opgewonden liep hij op Fogg toe en stamelde: 'Meneer Fogg… ik… moet mij verontschuldigen!' Helemaal rood voegde hij eraan toe: 'Ik heb een vreselijke fout begaan! De echte dief zit al drie dagen in de GEVANGENIS!

U BENT VRIJ!'

Fogg stond op zonder iets te zeggen. Toen stapte hij op Fix af en op de meest rustige manier ter wereld… trok hij zijn hoed tot over zijn ogen!

'Goed gedaan!' riep Passepartout geamuseerd.

Na de arme Fix te hebben achtergelaten met zijn hoed, haastten de drie zich uit de gevangenis.

Er was geen tijd te verliezen, misschien konden ze het nog halen.

In enkele minuten bereikten ze het station van Liverpool en vroegen ze naar de treinen die naar Londen vertrokken.

'Het spijt me, heren!' antwoordde de kaartjesverkoper. 'De laatste trein naar Londen is

twintig minuten geleden vertrokken.'
Maar Fogg gaf zich niet gewonnen en liet
een speciale **TREIN** klaarmaken. Hij gaf hier-
bij zijn laatste centen uit. Toen ze in Londen
aankwamen en uit de trein stapten, stonden
alle klokken in het station op tien voor negen.

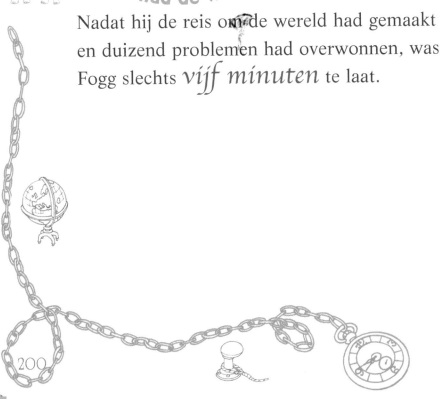

En hij had de weddenschap verloren!

Nadat hij de reis om de wereld had gemaakt
en duizend problemen had overwonnen, was
Fogg slechts *vijf minuten* te laat.

PHILEAS FOGG IS VERLIEFD!

Zondag 22 december 1872 was een erg **KOUDE** dag. Die dag liepen de Londenaars ingepakt in dikke winterjassen door de stad of bleven in de **warmte** van hun huis.

Eén van degenen die niet buiten kwam, was Phileas Fogg.

De vorige avond, na de aankomst op het station, waren ze **ONMIDDELLIJK** naar huis teruggekeerd. Fogg had Aouda haar intrek in de gastenkamer laten nemen en was daarna stilletjes naar zijn eigen kamer gegaan. Passepartout, met gezwollen ogen van het huilen en zijn kopje hangend, had hem *welterusten* gewenst en was daarna wanhopig in zijn bed gekropen.

Nu zat Fogg in zijn studeerkamer, alleen en zwijgzaam zoals gewoonlijk.

Het huis aan Savile Row was nog steeds zoals ze het hadden ACHTERGELATEN op de dag van hun vertrek. Het leek alsof er niets veranderd was en het een dag zoals alle andere was: er waren echter tachtig dagen verstreken en Phileas Fogg was een

armoeknager!

Fogg bracht de hele dag door het raam kijkend in zijn studeerkamer door.

De arme Passepartout was **GEBROKEN**: hij bleef in de buurt van zijn baas rondlopen en zocht een excuus om hem aan te spreken.

Maar wanneer hij voor hem stond, had hij
de moed niet om te praten.

'We moeten iets voor hem doen,' zei
prinses Aouda, wijzend naar Fogg.

'Dit kan zo niet verder!'

'U hebt volkomen gelijk, prinses!'
antwoordde Passepartout. 'Maar u
kent meneer Fogg OOK: hij zou onze
HULP nooit aanvaarden!'

Inderdaad, Fogg was erg trots en er was
niets dat zij konden doen om hem te helpen.

Pas na het eten besloot Fogg te praten.

'Mijn beste Passepartout,' zei hij vriendelijk,
'waarschuw prinses Aouda dat ik haar iets te
vertellen heb!'

Passepartout wist niet waarom, maar op dat
moment voelde hij zich gelukkig.

Toen ze de kamer van Fogg binnenkwam,

stapte ze **glimlachend** op hem af.

'Ik ben blij dat u mij wou zien.'

Daarna, een beetje **blozend,** voegde
ze eraan toe: 'Als u me toestaat, ik heb daarna
ook iets aan u te vertellen, Phileas.'

Op de gebruikelijke onbewogen toon begon
Fogg: 'Prinses Aouda, ik heb u laten roepen om
u mijn excuses aan te bieden.'

Aouda keek hem verbaasd aan, ze begreep het
niet: 'Maar er is **niets** om u voor te verontschuldigen!'

Fogg onderbrak haar echter en ging verder:
'Er is genoeg waarvoor ik mij moet verontschuldigen. Ik heb u hier in Engeland gebracht en
meerdere keren uw leven op het spel gezet.'

Toen, terwijl hij haar in de ogen keek,
besloot hij: 'En nu u hier bent, ben ik
geruïneerd. Ik heb u niets te bieden.'

Nadat ze naar zijn woorden had geluisterd, kon prinses Aouda nauwelijks haar tranen bedwingen.

'Fogg... u hebt mijn leven gered en ik zal u altijd dankbaar zijn!'

Vervolgens kwam ze dichterbij, nam ze zijn *poten* in de hare en fluisterde: 'Ik zal u altijd volgen, waar u ook gaat!'

Voor de eerste keer in zijn leven verloor Fogg zijn algemeen bekende kalmte: 'Wi-wil u misschien zeggen dat u... kortom...'

'Ja, Phileas!' antwoordde Aouda.

'Ik hou van u!'

Zonder zijn antwoord af te wachten, omhelsde ze Fogg en kuste ze hem. Toen Passepartout de kamer binnenkwam en hen zag, viel hij bijna flauw van *blijdschap!*

EEN ONVERWACHTE WENDING!

Passepartout stond met de mond vol tanden. Het waren de woorden van Fogg waardoor hij van zijn stuk was gebracht: 'Snel, Jean! Ren naar eerwaarde Wilson!

Aouda en ik trouwen morgen, maandag!'

Passepartout liet zich dat geen twee keer zeggen en haastte zich naar buiten.

Aouda en Fogg keken hem na en dachten bij zichzelf hoeveel geluk ze wel niet hadden dat ze Passepartout kenden.

Rond acht uur verlieten ze de studeerkamer

en gingen voor de open haard zitten.
Er viel nog heel wat te regelen voor het
huwelijk! Net op dat moment zwaaide de
voordeur open en viel Passepartout het
huis binnen als een troep olifanten. Hij zette
nog een paar passen en viel vervolgens uitgeput op de grond. Hij zag er afschuwelijk uit:
haren in de war, zonder hoed en bovendien
buiten adem.

Hij had nog net genoeg adem om te zeggen:
'Het huwelijk is uitgesteld! Eerwaarde
Wilson heeft mij de kalender getoond!'

Fogg begreep het niet.

'De kalender? Wat sta je nu toch te
bazelen?'

'Ik zeg dat het morgen niet maandag is,
maar zondag 22 december!' zei Passepartout
in één adem. 'Vandaag is het zaterdag

21 december: we zijn een dag te vroeg aangekomen! We hebben ons vergist!' Phileas klaarde opeens op: 'Dus er is nog hoop! De weddenschap is niet verloren!' Zonder zijn hoed **HAASTTE** hij zich de straat op, met Passepartout die achter hem aan liep. Even later, om twintig voor negen op zaterdag 21 december reden de twee op volle snelheid met een koets door de straten van Londen. Op hetzelfde moment zaten vijf leden van de Reform Club in **spanning** te wachten. 'Hij haalt het nooit!' zei Stuart. 'Je hebt gelijk! Ondertussen is het acht uur vierenveertig,' beaamde Gauthier Ralph.

Hij was de enige die antwoordde. Alle anderen waren zo **nerveus** dat ze hun ogen niet van de klok konden afhouden. De wijzers gingen **RAZENDSNEL**.

Tien... negen... acht...

Er liepen straaltjes zweet van de snuiten van
de vijf muizen. **Drie... twee... één...**

Bam!

Precies op dat moment zwaaide de deur open en
kwam Phileas Fogg triomfantelijk de Reform Club binnen.

Precies om kwart voor negen
op 21 december, stipt als een
Zwitsers uurwerk, was zijn
reis om de wereld ten einde.
Sommige lezers vragen zich
misschien af hoe hij één dag
te vroeg kon aankomen.
Eenvoudig! Beeld jullie in dat
de aarde verdeeld is in verschillende delen,
zoals een sinaasappel: 360 delen, om exact
te zijn. Goed, als men de wereld rondreist
van het Westen naar het Oosten (dus naar

RECHTS), wint men 4 minuten per deeltje.
Dus zou je, elke keer als je een deeltje
verder gaat, de wijzers van de klok vier
minuten terug moeten zetten. Als je dat
doet, is aan het einde van de reis de klok
24 uur teruggezet, dus 360 keer vier minuten.
Dat is de reden waarom Fogg vierentwintig
uur, of een dag, **te vroeg** was aangekomen!
Kortom, Fogg was erin **GESLAAGD** de reis
om de wereld te maken en de twintigduizend
pond van de weddenschap te winnen.
Helaas, tijdens de reis had hij evenveel
uitgegeven en dus was hij uiteindelijk niet
zo rijk meer als tevoren, maar ook niet arm.
Als compensatie had hij echter de *liefde*
van zijn *prinses* gevonden.

En een goede vriend als Passepartout!

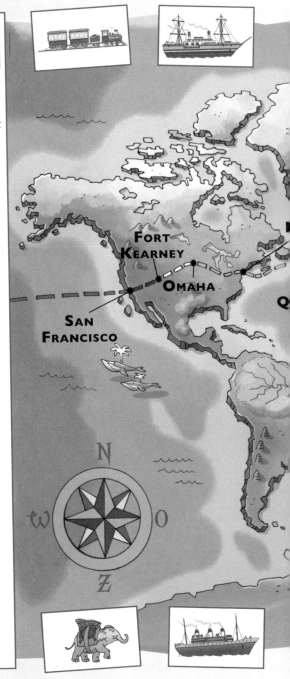

ETAPPES VAN DE REIS OM DE WERELD

LONDEN-BRINDISI: trein

BRINDISI-SUEZ-BOMBAY: stoomboot *Mongolia*

BOMBAY-KHOLBY: trein

KHOLBY-ALLAHABAD: olifant

ALLAHABAD-CALCUTTA: trein

CALCUTTA-HONKONG: stoomboot *Rangoon*

HONGKONG-YOKOHAMA: stoomboot *Carnatic* (alleen Passepartout!)

HONGKONG-SHANGHAI: tweemaster *Tankadère* (Fogg, Aouda en Fix)

SHANGHAI-YOKOHAMA: stoomboot *General Grant* (Fogg, Aouda en Fix)

YOKOHAMA-SAN FRANCISCO: stoomboot *General Grant*

SAN FRANCISCO-FORT KEARNEY: trein (Pacific Railway)

FORT KEARNEY-OMAHA: zeilslee

OMAHA-NEW YORK: trein

NEW-YORK-QUEENSTOWN: koopvaardijschip *Henrietta*

QUEENSTOWN-LONDEN: trein

JULES
VERNE

Jules Verne werd in 1828 in Nantes, Frankrijk geboren en was voorbestemd om in de voetsporen van zijn vader te treden als advocaat. Als kind al was hij gefascineerd door reizen en avontuur: toen hij twaalf was, verstopte hij zich op een koopvaardijschip naar Amerika... maar hij werd ontdekt en naar huis gestuurd!

Na dat avontuur stuurde zijn vader hem naar Parijs om voor advocaat te studeren, maar Jules bracht zijn

tijd door in bibliotheken, verdiept in zijn favoriete romans. Op één van die dagen ontmoette hij de schrijver Alexandre Dumas, die hem hielp zijn eerste theaterstukken te publiceren. Toen hij zijn studie had afgerond, werd hij beursmakelaar en trouwde hij met Honorine Morel.

Verne hield echter niet van zijn werk en bleef dromen dat hij ooit schrijver zou worden. Uiteindelijk slaagde hij er in 1863 in zijn eerste avonturenroman van een reeks te publiceren met de titel *Vijf weken in een ballon*. Vanaf dat moment stopte hij niet meer met schrijven en publiceerde hij 60 romans, waaronder: *Naar het middelpunt van de aarde* (1864), *De kinderen van kapitein Grant* (1868), *Twintigduizend mijlen onder zee* (1869) en *De reis om de wereld in 80 dagen* (1873).

Jules Verne stierf in 1905 op 77-jarige leeftijd in Amiens, Frankrijk.

Inhoudsopgave

Verzamel deze wereldberoemde verhalen, bewerkt door

Geronimo Stilton

**Heb jij ook zo genoten van dit boek?
Dan heb ik *GI-GA-GEWELDIG* nieuws voor je.
In deze serie zijn nog MEER boeken
verschenen!**

Ook te koop in de boekhandel en via de website:
- De drie muisketiers
- De reis om de wereld in 80 dagen
- Het zwaard in de steen
- Onder moeders vleugels
- Schateiland

Boeken uit de serie:

Oscar Tortuga:

Geronimo Stilton